LE BAISER PEUT-ÊTRE

Belinda Cannone

LE BAISER PEUT-ÊTRE

arléa
16, rue de l'Odéon, 75006 Paris
www.arlea.fr

Ce livre est paru pour la première fois sous le même titre aux éditions Alma (2011). La présente édition a été revue et corrigée par l'autrice.

EAN 9782363083128

À Philippe

À qui déplairait une philosophie
dont le germe est un premier baiser ?

Novalis, *Le monde doit être romantisé*

DÉLICES

Allongés sur deux branches du grand hêtre qui forment fourche, nous apercevons au loin un chevreuil imprudent filer à découvert parmi des vaches immobiles. Le soleil ruisselle à travers le feuillage qui bat lentement, ramure posée sur les souffles, bruits qui nous bercent et, quand je me penche sur ses lèvres, nous sommes, pendant les longs instants de notre baiser, lovés au creux du monde, sans questions ni manques, dans une parfaite dilection. Je murmure que jamais, jamais je ne voudrais me passer de nos baisers, « Ils m'enchantent, ils m'enivrent, ils me paraissent… » – ici, je cale.

Décrire ces baisers ? Impossible. Leur effet sur moi ? Peut-être. Leur goût ? Mais un baiser a-t-il vraiment un goût ?

« Tant de gestes peuvent être commandés par le sentiment aussi bien que par la concupiscence…

Pas le baiser. On peut avoir envie de faire l'amour avec quelqu'un sans vouloir l'embrasser. On n'embrasse que par amour.

– Presque », répond mon fiancé.

De temps en temps on entend le ronflement d'un moteur de voiture, vite résorbé dans le silence bruissant de la nature. Quand je demande à mon amoureux si on embrasse partout, gourmand, il acquiesce.

« Non... Je veux dire partout dans le monde. S'embrasse-t-on au fond des forêts amazoniennes, sur les collines pelées d'Afrique, dans l'igloo inuit ? »

Qui sait. Il dit qu'on s'embrasse en Occident depuis très longtemps, même s'il n'a jamais vu aucune peinture préhistorique représentant un baiser, mais qu'il connaît un poème – et il cite le premier quatrain du beau sonnet de Louise Labé :

Baise m'encor, rebaise moy et baise :
Donne m'en un de tes plus savoureus,
Donne m'en un de tes plus amoureus :
Je t'en rendray quatre plus chaus que braise[1].

Alors, protégée par les bras du grand arbre, je me penche à nouveau sur son visage pour savourer

1. Louise Labé, « Sonnet XVIII », *Œuvres*, 1555.

sa bouche suave. Puis je dis (rêveusement) : « J'avais cherché longtemps un porche pour abriter nos premiers baisers, tu t'en souviens ? », et m'asseyant (dangereusement), j'enchaîne : « Tu trouves meilleur le baiser donné ou le baiser reçu ? » Pendant qu'il réfléchit, je continue : « Combien de questions si l'on y pense ! Combien ! (Je secoue la tête.) Par exemple quelles sont les différentes sortes de baisers ? Parce que tu conviendras qu'un baiser dans le cou n'est pas un baiser sur les yeux…

– Certes non.

– et qu'on doit distinguer la bise du baiser…

– Certes oui.

– et que… »

Ici il m'interrompt :

« Baise m'encor, rebaise-moi et baise… »

Je m'exécute (délicieuse exécution), puis je dis :

« On embrasse chaque jour et de diverses façons, sans jamais y penser.

– Tant mieux.

– Oui, voilà un art de l'improvisation. Embrasser, c'est inventer. À deux. Mais je serais curieuse de…

– Ne compte sur moi que pour les travaux pratiques. »

Le soleil se couche lentement, comme il a coutume de le faire les bons jours, les jours où il a lui sans brûler, où il a baisé les peaux sans les mordre (« Et mordiller ? Tu crois que c'est encore embrasser ? »), dans un fantasque naufrage rose orangé qui nous chasse du grand hêtre et nous marchons si longtemps, enlacés, que nous avons le temps de voir monter de la terre tiède les brumerolles dansantes du soir, tandis que résonnent les mille bruits grêles dont le concert ressemble au silence.

L'INEFFABLE

Avant d'entrer dans ma maison des champs, je suis allée cueillir un bouquet blanc de fin d'été : quatre roses rustiques (leur modestie touchante, leur grâce de jeune paysanne), un hortensia immaculé, deux branches de symphorine et, pour exalter tant de blancheur, quelques anémones du Japon rose pâle. Ce matin, le bouquet épanoui sous mes yeux, je pourrais essayer de le décrire plus précisément – les pétales des roses transparents, les minuscules cœurs mauves des fleurettes de l'hortensia, la rondeur parfaite des fruits de la symphorine qu'on voudrait croquer et, jaillissantes, les tiges élancées des anémones… Bien sûr j'échoue à restituer sa beauté, les mots s'arrêtent au seuil de mes phrases, je ne peux même pas vraiment dire le ravissement particulier qu'il suscite en moi. Au mieux puis-je renvoyer à la connaissance que chacun en a peut-être (secret d'initié), mais si l'on n'est pas déjà sensible à la splendeur des fleurs assemblées, mes mots y aideront à peine.

Ainsi, grâce aux bouquets, se renouvelle une fois encore l'expérience de ce qui, dans le réel, résiste à l'expression. Expérience exemplaire parce que le bouquet est simple, les fleurs sont des objets communs, à portée de main. Pour nuancer cette idée de banalité cependant : on ne doit pas négliger qu'elles sont éclats du monde vivant, de cette nature dans laquelle nous-mêmes sommes contenus – connivence – ce qui explique sans doute qu'elles éveillent en nous le sentiment de la grâce. Elles nous rappellent silencieusement la chance inouïe que nous avons de vivre dans une nature si parfaitement adaptée à notre esprit – et vice-versa –, c'est-à-dire si belle.

De ce mystère des choses simples et puissantes participe aussi le baiser. En lui, même résistance à l'expression : comme devant les fleurs, la parole hésite, se tient très en deçà de l'émotion. Lorsque je réfléchis au baiser, se forme dans mon esprit l'idée confuse de l'élan, de la joie majuscule – mais comment détailler cela ? Je sais, intimement, que le baiser est parent du désir – la belle affaire ! Autre secret d'initié. Quels mots pour dire le désir, cet emportement de l'être vers un autre corps-esprit ? Hors du moment où je l'éprouve, il est énigme, et son effacement me laisse doublement démunie car, dans l'intermittence, je perds jusqu'à son souvenir : comme dans une odeur aimée, rien en lui n'est assez substantiel, ou assez simple, pour que je puisse en convoquer l'impression à loisir, et il me faut le revivre pour le re-connaître vraiment.

Ainsi du baiser, de l'émotion du baiser. Si je n'embrasse pas, je ne sais plus rien du baiser, sauf ce fait merveilleux : que nos enveloppes charnelles ne nous séparent pas les uns des autres, que nous pouvons un instant nous mêler, nous rencontrer au plus secret, créer un lieu séparé, et abrité, par l'étreinte comme par le baiser. En vieux style : « Nos âmes se rencontraient, se multipliaient ; il en naissait une de chacun de nos baisers[1]. » Ce *une* dit le moment d'extrême fusion par lequel s'invente ce que Vivant Denon appelle une « âme » et que je nomme plutôt un monde pour deux.

On ne peut mieux dire la beauté du bouquet qu'en la peignant, c'est-à-dire en restant très près du réel. La peinture (re)présente les fleurs émouvantes. Comment évoquer le baiser ? Le peindre (sculpter) n'en donne qu'une compréhension partielle, par suggestion.

Essayer avec les mots ?

---

1. Vivant Denon, *Point de lendemain*, 1777.

QUELQUES PRÉMISSES

Tôt ou tard, il fallait bien retourner en ville. Je n'ai pas voulu abandonner mon bouquet mais il est arrivé si défraîchi que c'en était pitié. Mon premier souci a été de retrouver le sonnet de Louise Labé. On attend parfois un poème comme une terre assoiffée la pluie… J'ai été comblée.

Baise m'encor, rebaise moy et baise :
Donne m'en un de tes plus savoureus,
Donne m'en un de tes plus amoureus :
Je t'en rendray quatre plus chaus que braise.
Las, te pleins tu ? ça que ce mal j'apaise,
En t'en donnant dix autres doucereus.
Ainsi meslans nos baisers tant heureus
Jouissons nous l'un de l'autre à notre aise.
Lors double vie à chacun en suivra.
Chacun en soy et son ami vivra.
Permets m'Amour penser quelque folie :
Tousjours suis mal, vivant discrettement,

Et ne me puis donner contentement,
Si hors de moy ne fay quelque saillie.

Baise m'encor, rebaise-moi, ainsi jouirons-nous l'un de l'autre à notre aise et chacun de nous aura double vie.

Délicieux entre-deux par lequel ma vie s'augmente, car je ne me puis donner contentement si hors de moi ne fais quelque saillie.

Je peux bien parler seule, chanter seule, jouir seule, je ne peux pas embrasser seule. J'embrasse toujours quelqu'un. Beauté d'un geste qui ne se déploie que pour et avec un autre.

À l'enfant au berceau le premier baiser chuchote : « Tu existes. »

À l'aimé qui s'y abandonne le baiser murmure : « Tu es désiré. »

Le baiser dit : « Tu existes pour moi comme nul autre. »

Exister : être un corps-esprit. Se sentir exister : par le baiser peut-être.

Baiser, substantif; *embrasser*, verbe.

Il existe bien des baisers et diverses façons d'embrasser. Si les lèvres sont toujours impliquées dans le baiser, elles ne le sont pas nécessairement dans le geste d'embrasser qui peut engager seulement les bras – mais certains embrassements valent pour des baisers, je crois (à explorer). Quant aux parties du corps qui reçoivent le baiser, il me semble que toutes le peuvent (à vérifier) mais que le baiser royal est symétrique, lèvres contre lèvres.

J'ai continué à débroussailler ce jardin délicieux. Justement : *baiser*, substantif ; *embrasser*, verbe ; *délicieux*, adjectif. *Délicieux* cache un peu son jeu et son parfum car il peut s'allier à d'autres substantifs, mais par excellence il est l'adjectif du baiser.

Et j'ai songé aussi à cette forme de baiser dans le vide qui n'est pas moins tendre ou ardente : la formule apposée à la fin de certaines missives, « Je vous embrasse », m'a parfois fait frémir, et « Je t'envoie mille baisers » souvent charmée. Étrange régime des mots, si j'y pense (y penser).

Deux sortes d'amour nous incitent à embrasser, Éros et Philia. C'est Éros qui incite Louise Labé à réclamer des baisers *brûlants* (autre adjectif, quoique son usage plus restreint lui confère une perfection moindre). Mais les baisers donnés à l'ami, à l'enfant et à la sœur naissent de cette forme d'amour que les Grecs nommaient Philia (*tendre*, nouvel adjectif du baiser). Et le cas des vieux époux ? Mus eux aussi par Philia, ce me semble.

Les verbes encore : poussé par Philia, on *donne* un baiser, mais on le *partage* sous l'impulsion d'Éros – ainsi, mêlant nos baisers tant heureux, jouissons-nous l'un de l'autre à notre aise, écrit Louise (Labé). Cette réciprocité du baiser amoureux est son trait le plus frappant et le plus beau : on peut bien demander, comme Ronsard,

Maîtresse embrasse-moi, baise-moi, serre-moi,
Haleine contre haleine, échauffe-moi la vie[1],

dès que commence le baiser, il est création commune des… ? Soudain un vocable me manque : le substantif qui désigne les acteurs du baiser. De ceux-là qui s'embrassent je parlerai souvent. Or, si les danseurs dansent et les joueurs jouent, qui donc embrasse ? Je dirai les *embrasseurs*.

Comme il faisait encore doux, je suis ressortie prendre un verre avec Sophia. Je me sentais en ébullition, des brassées de baisers plein l'esprit, impatiente de discuter avec elle, sûre qu'elle enfourcherait cette cavale avec enthousiasme. Je ne m'étais pas trompée (je la connais bien).

« Francesco Patrizi, m'a-t-elle lancé.

– C'est-à-dire ?

– Le théoricien du baiser.

– Fichtre ! Contemporain ?

1. Pierre de Ronsard, *Sonnets pour Hélène*, 1578.

– XVIe siècle.

– Tiens ! Comme Louise Labé. Siècle à baisers ?

– Peut-être. »

Puis nous avons commencé à danser notre pensée – ô Philia ! Quel délice ! Il est certain que nous réfléchissons toujours bien ensemble, car nous aimons lancer nos idées comme de vifs poissons d'argent dans les interstices de la pensée, dans les brèches des raisonnements, aux franges des rivières et des étangs, où catégories et modèles trop lourds se déplaisent et, pesants, nagent mal.

Elle m'a suivie quand j'ai avancé que ce qui me passionnait dans l'idée du baiser, c'était sa parenté avec le désir, leur nature très voisine.

« Comme le baiser, le désir ne peut être solitaire. Désirer – verbe transitif – signifie désirer un autre, un autre qui existe soudain comme rarement, qui devient mon proche mêlé, mon immédiat, mon air à respirer, ma chair indistincte…

– Et dans le même temps, a-t-elle enchaîné, expérience capitale, je suis le Sujet de mon désir : je ne me sais jamais si bien exister que quand je désire, c'est dans cette tension que je me saisis pleinement.

– Sentiment qui a certes quelque chose de paradoxal pour la pensée, tant il est vrai qu'on ne s'éprouve jamais si intègre et souverain que dans le mouvement irrépressible vers un autre. Je peux ressentir du plaisir seule mais c'est un autre être qui suscite mon désir. De la même façon, le baiser engage deux corps, et deux corps amoureux : car on peut avoir envie de faire l'amour et le faire sans amour, mais on embrasse rarement sans amour.

– N'est-ce pas ce qui explique la déclaration de Musset, dans son poème « Idylle » : « Le seul vrai langage au monde est un baiser » ? Preuve que le baiser est désir pur, il ne se monnaye pas : les prostituées refusent généralement de faire commerce de leurs baisers. Elles acceptent diverses pratiques sexuelles en échange d'une rétribution, mais elles n'embrassent pas contre argent comptant. Comme si, dans le renoncement du corps, un geste, le baiser, était préservé.

– Comme si le baiser, ai-je repris, était le dernier refuge du désir, inaliénable. Et cela a l'air universel. J'ai lu récemment que des prostituées chinoises s'étaient révoltées contre le gérant du spa où elles travaillaient parce qu'elles ne voulaient pas être obligées d'embrasser les clients.

– Mais n'est-ce pas aussi que le baiser et donc les lèvres concernent le visage, ce visage où s'inscrit pour chacun l'humanité même ?

– Noblesse du baiser… »

Amusées par notre accès de grandiloquence, nous avons ri.

Je suis rentrée par des petites rues en méditant, saisie par l'idée réjouissante que le baiser échappe entièrement à la motivation de l'intérêt – ce fameux intérêt dont on nous répète à l'envi qu'il serait le moteur essentiel des actions humaines, ce qui m'a toujours paru un argument… intéressé (une manière de légitimer nos travers pour n'avoir pas à y résister). Dans les relations humaines, le baiser n'est jamais *nécessaire*, il vient toujours en surcroît, en cadeau, pure expression affective – petit bécot posé sur la joue d'un enfant délicieux, d'un adolescent qui s'est endimanché pour vous, d'une vieille dame au si joli sourire –, même dans l'engagement érotique il n'est pas nécessaire pour provoquer le désir (mais il le provoque), puisqu'on peut faire l'amour sans s'embrasser (mais quel dommage !).

D'ailleurs, si le baiser disparaissait de nos pratiques, nos descendants s'en apercevraient peut-être à peine : seules les fictions et les œuvres plastiques en conserveraient la trace.

Le baiser, gratuit, est une forme du don.

Le soir même je trouvai un mot de Sophia dans lequel elle me confiait quelques pages de souvenirs intitulées *Trois scènes premières*. Elle me demandait, en post-scriptum, si j'avais envisagé que le baiser puisse avoir une histoire, c'est-à-dire des formes et des circonstances variables selon les époques. Elle a conclu par « Je t'embrasse comme je t'aime (Philia). » Mignonne !

TROIS SCÈNES PREMIÈRES

Scène 1. Nous sommes à table dans la cuisine, quatre petits enfants, les cuillères en l'air, silencieux : mon père vient d'enlacer ma mère, adossée à une porte, et il l'embrasse fougueusement. Ou : il a peut-être posé ses mains de part et d'autre au-dessus de sa tête. Ou : ce n'est pas tant sa fougue que sa durée qui rend ce baiser saisissant.

Le silence entoure sans doute le souvenir et non les faits. Nous avons probablement continué à faire du bruit, couinements, paroles, assiettes qui tintent, chaises qui raclent le sol. À moins que, devant le surgissement de cette scène, nous nous soyons tus, sidérés.

Mais voici trop de mots pour évoquer le bruit ou le silence alors que c'était ce que nous *voyions* qui nous troublait. Soudain, sous nos yeux ébahis, nos parents se métamorphosaient en amants – ce jeune homme désirait cette jeune femme. Mon obstination à évoquer des sons est sans doute suscitée par une autre « scène primitive » – celle-là absente de ma mémoire.

Je raconte le souvenir à la première personne du pluriel mais je ne sais s'il a laissé une trace dans l'esprit de mes frères et sœur – si même ils ont perçu l'événement. Je dis « nous » car cela survenait non pas parmi six personnes mais entre deux mondes distincts : le leur, les parents (et adultes), et le nôtre, les (et leurs) enfants, qui surprenions quelque chose de notre origine. Une question en suspens : ma pudique mère était-elle d'accord ? J'ignore si je me la suis posée sur-le-champ ou plus tard, confrontée au souvenir, mais de m'être posé cette étrange question confirme mon intuition : ce baiser tient lieu de scène primitive.

Scène 2. Si je te raconte que j'ai connu mon premier baiser dans un lavoir, tu penseras que j'ai passé ma jeunesse à la campagne. Non non. Mais on trouvait encore, à la périphérie des grandes villes, quelques reliques d'un décor ancien que l'expansion urbaine se chargerait bientôt d'effacer.

Si la situation n'était pas champêtre, au moins était-elle romantique, hasarderas-tu. Non plus. À vrai dire, je ne me souviens pas du baiser en lui-même mais, presque comme une vignette, de ce garçon et des embrassades dans le lavoir : lors de ces premiers baisers, l'exploration l'emportait sur les sentiments. On voudrait toujours que les sentiments relèguent les gestes au second plan : on exagère. Le premier baiser, comme la première étreinte, comporte tant de surprise, d'inconnu et d'inquiétude, que l'amour, si l'on en éprouve, a peut-être permis qu'on se lance dans l'aventure, mais il demeure à l'arrière-plan de l'événement.

Écrivant ce qui précède, j'ai bien conscience que, justement parce qu'il y manque le piquant de l'amour, mon « lavoir » ne doit pas te sembler très palpitant. Rien de plus romanesque que l'amour, c'est lui qui donne son feu à la narration. Mais tant pis, je vais au bout. Ce garçon n'était pas plus épris que moi et l'affaire tourna court : il voulait accompagner ses baisers de caresses que ma pudeur de toute jeune fille lui refusait. Il m'a donc expliqué que se contenter d'embrasser (il fit tourner sa langue dans sa bouche pour signifier le baiser, accentuant ainsi le côté répétitif et mécanique de l'action) lui semblait ennuyeux. Sa mimique exprimait parfaitement ce que nous pratiquions, le baiser adolescent (le principe en est exposé sur le Net : « opérer des rotations de la langue dans un sens puis dans l'autre, selon des rythmes et avec des intensités qu'on peut varier ». Rien de plus éloigné de l'inventivité et de la sensualité ardente du baiser.)

Fin de l'idylle dans le lavoir. Je ne crois pas en avoir éprouvé le moindre regret.

Mais une autre anecdote, celle du « premier baiser manqué », te paraîtra plus intéressante. Écoute. Nous vivions près de collines couvertes de houles de genêts odorants, de petits bois et de chemins de terre sèche, où s'élevaient de grands arbres dont nous mangions les fleurs blanches et sucrées. J'ai eu rendez-vous dans l'un de ces bois (deux garçons, deux filles), pour flirter (curieusement, ce n'était pas un élan, plutôt une décision), mais le garçon effarouché n'a rien osé. Je le revois, immobile à travers l'écran des feuillages, sur les lèvres un gentil sourire embarrassé, mon amie avait disparu avec son partenaire plus hardi, l'air chaud vibrait du chant des cigales, et j'ai éprouvé de l'estime pour cette timidité qui m'est apparue comme le signe de sa délicatesse. Aujourd'hui encore, quand je revois cette scène, je pense à lui avec tendresse.

Bon. J'entends déjà un cher ami d'enfance protester que c'est lui et lui seul qui reçut mon premier baiser dans un autre taillis, sous la voie du chemin de fer (où, avec mon père, nous avions, avant ou après, trouvé un bébé chouette tombé du nid que nous avions essayé de sauver), et j'ai beau lui répondre *in petto* que notre baiser devait être vraiment chaste (sans la langue), je réalise que, de premier baiser d'exploration en premier baiser manqué, je risque d'avoir à remonter jusqu'à la maternelle... Je te propose donc de fixer ainsi le concept : un premier baiser, pour mériter son nom et sa place inaugurale dans nos souvenirs, doit accompagner une relation amoureuse et engager l'action de la langue. Sinon, si troublant soit-il, il relève de l'expérimentation enfantine et doit donc être considéré comme un... enfantillage.

Scène 3. Nous avions quatorze ou quinze ans quand nous avons organisé une grande bacchanale : dans l'appartement de deux membres de notre bande (des Vietnamiens, je m'en souviens, dont les parents étaient absents dans la journée), nous devions nous embrasser, tous (quinze ? vingt ?), sans choisir, sans distinguer, sans refuser, « chacun embrassera... » (me revient cette comptine enfantine dont la suite disait je crois « et Guillaume restera »). Chacun embrassait donc chacune et vice-versa (je ne me rappelle pas si les filles devaient attendre les invitations des garçons). Ainsi avons-nous passé l'après-midi à nous rouler des pelles (c'était cela), très chastement au demeurant – nous sortions à peine de l'enfance. Ce qui était beau : aucun n'était exclu de cette grande embrassade dans laquelle seuls comptaient les baisers et non les personnes.

Nous avons conclu, nous, les filles, qu'untel (un jumeau, moyennement joli) était le meilleur embrasseur et nous le lui avons fait savoir. Il n'a pas voulu nous croire, et l'occasion qu'il manquait ainsi de gagner un peu d'estime de lui-même m'a chagrinée.

Mon amoureux à cette époque ne faisait pas partie de la bande. C'était un Corse très beau et follement jaloux (passion triste qu'on croirait réservée aux adultes et qu'il avait sans doute contractée par mimétisme). Horrifié, il a su la bacchanale. Pour ma part, je m'en amusais comme d'une bonne farce, non par cruauté, mais parce que je ne comprenais encore rien à sa jalousie (ni à la jalousie en général).

MILLE ET CENT

Il faudrait qu'à mon tour je réfléchisse à mon *premier* baiser. Hélas, je n'ai pas la mémoire des souvenirs. Mais la question de premier baiser a éveillé en moi une rêverie quantitative : si tout phénomène est nombre (comme le prétendent mes pseudo-cousins mathématiciens), quel est celui du baiser ?

La question s'est sans doute imposée parce que j'en connaissais la réponse. Toute la littérature depuis l'Antiquité atteste que ce nombre est… mille.

Si je termine parfois mes lettres par « Mille baisers », n'est-ce pas qu'une longue tradition, à mon insu, m'y incite ? Car le baiser se dispense par milliers, et si l'embrasseur, parfois, descend à cent, c'est pour mieux relancer les mille. Quelques exemples (entre cent) :

Mille et mille baisers donne-moi, je t'en prie,
Amour veut tout sans nombre, amour n'a point de loi[1].

Ou encore :

Ah! Donne-moi mille baisers, puis cent,
Puis mille autres et puis cent à la file,
Puis mille autres encore et toujours cent.
Puis, quand nous en aurons beaucoup de mille,
Les brouillerons afin d'oublier tout,
Et d'éviter mauvais œil de jaloux,
Si des baisers se savait le montant[2].

Que valent ces « mille » ? Quel est le sens d'un numéral si excessif ? *Mille* est au désir ce que *toujours* est à l'amour. Le premier parle aussi peu de quantité que le second de permanence : « Je t'aime pour toujours » indique l'actuelle force de mon amour ; « Donne-moi mille baisers » révèle l'infini de mon désir. Tous deux disent la puissance éprouvée *en ce jour.*

Mon fiancé, qui était d'accord, m'a fait remarquer (illustrant abondamment son propos) qu'un

---

1. Pierre de Ronsard, *Sonnets pour Hélène*, 1578.
2. Catulle, Poème V, « Vivons, ma Lesbie, pour nous aimer… », Ier siècle av. J.-C.

certain mécanisme spontané expliquait peut-être la nature inflationniste du baiser qui semble répugner à l'isolement. Vivant Denon décrit bien cet emballement :

> *Il en est des baisers comme des confidences : ils s'attirent, ils s'accélèrent, ils s'échauffent les uns par les autres. En effet, le premier ne fut pas plutôt donné qu'un second le suivit ; puis, un autre : ils se pressaient, ils entrecoupaient la conversation, ils la remplaçaient ; à peine enfin laissaient-ils aux soupirs la liberté de s'échapper*[1].

Il suffit d'ailleurs de songer à la fréquence de cette expression très naturelle, « une pluie de baisers ».

Donc, si je récapitule : *baiser*, substantif ; *embrasser*, verbe ; *délicieux*, adjectif ; *embrasseur*, agent ; *mille*, numéral.

1. Vivant Denon, *Point de lendemain*, 1777.

LA NUÉE

Depuis que je me suis mise à songer au baiser, je retrouve la condition bienheureuse des écrivains en travail : le réel devient pour eux une mer sur laquelle il suffit de voguer pour que les poissons viennent à la rencontre de la barque. Ainsi mon esprit en alerte m'a-t-il soudain rappelé ce tableau d'une sensualité merveilleuse, peint par Le Corrège en 1531, *Jupiter et Io*, sur lequel on voit, assise sur un rocher dont la surface est adoucie par un drap, Io, nue, ses boucles rassemblées en un chignon négligé, son beau visage renversé et légèrement tourné vers nous, et Jupiter devant elle, autour d'elle, ayant adopté dans cette nouvelle métamorphose la non-forme enveloppante d'une nuée. Le moment choisi par le peintre est celui du baiser. On discerne la grosse patte grise enlaçant le flanc de la belle chavirée et le visage faunesque de la brume posé sur sa joue ou peut-être au coin de sa bouche – laisse-toi prendre, murmurent ses mots sans voix, abandonne-toi à mon désir, à ton désir.

Ce baiser vaut ravissement. Des nombreuses métamorphoses du séducteur olympien, c'est la plus troublante. Quand Jupiter se fait taureau pour Europe, cygne pour Léda ou or pour Danaé, nous assistons à la mise en scène du désir d'une autre, dotée d'un goût (taureau, cygne, or) qui n'est pas le nôtre. Mais lorsqu'il se fait nuée, impondérable, informe c'est-à-dire toute forme, il devient représentation du désir en son principe, du Désir même : ô toi qui par enchantement rassembles ces séductions inespérées et qui pourtant répondent à mon vœu le plus secret…

Io étant fille d'un fleuve, l'amant a dû emprunter son apparence au monde liquide – il s'est fait vapeur d'eau. Parce qu'ainsi il palpite au bord de l'inexistence, c'est le désir de la femme, plutôt que le sien, qui est donné à voir : la nuée ne sourd peut-être que de la rêverie de Io – qu'en restera-t-il quand elle s'éveillera de son songe sensuel ?

Ce tableau met en scène le baiser non comme ce qui se voit (deux corps enlacés par des bouches unies), mais comme une perception intime, sensation-sentiment qui ouvre un monde délicieux aux embrasseurs. Le baiser suscite un espace mental et sensible, parallèle à la vie ordinaire, au-dessus d'elle – dilatation, exception, jouissance. La dimension onirique de l'œuvre restitue la nature et la vocation du baiser : créer im-médiatement (ou par la médiation des seules bouches) un territoire psychique (corps-esprit) pour deux, relié à l'immensité du ciel.

Comme j'étais très contente d'avoir pu me rendre raison du plaisir que m'a toujours procuré ce tableau fétiche, j'ai continué sur ma lancée plastique. J'aime depuis toujours l'idée du couple que forment Amour et Psyché, et il ne me paraît guère surprenant que l'un ait rencontré l'autre et qu'ils se soient aimés. Corps et âme, comment ces deux-là auraient-ils pu se manquer ? Que serait le désir amoureux sans l'esprit gracile ? Quand j'ai voulu savoir, en lisant les *Métamorphoses* d'Apulée, où intervenait leur baiser célébré par tant de tableaux et de sculptures, quelle situation capitale il dénouait ou arrangeait… surprise ! Je n'ai trouvé aucun baiser.

L'histoire (fort longue) dit que Psyché était fille de roi et si belle qu'elle faisait peur aux éventuels prétendants. Un jour, un oracle apprend à son père qu'il faut l'exposer sur un rocher où un monstre cruel viendra la chercher et l'épousera. Il y consent. Heureusement, un vent bienveillant soulève Psyché et la transporte dans de magnifiques jardins où elle tombe dans un sommeil profond. À son réveil, elle découvre un grand palais où diverses voix se déclarent à son service et où, le soir venu, une présence se disant son époux, qui n'a pas l'air si monstrueux que l'avait prédit l'oracle, exige d'elle que jamais elle ne cherche à le voir, sous peine de le perdre. Après plusieurs nuits de bonheur avec son invisible mari, poussée par ses sœurs, elle dissimule une lampe pour le regarder dans son sommeil et découvre ainsi un bel adolescent. Mais une goutte d'huile brûlante le réveille et Amour, car c'était lui, s'enfuit. S'ensuivent de nombreuses péripéties, Psyché erre de par le monde jusqu'à ce qu'Aphrodite, indignée par sa beauté, l'entraîne dans son palais pour lui infliger tourments et épreuves diverses. Au terme de l'une d'elles, malgré l'interdiction, elle ouvre un flacon d'eau de Jouvence donné par Perséphone, et cette transgression la plonge une nouvelle fois dans un profond sommeil. Enfin – et voici où se trouve le baiser –, Amour, incapable de l'oublier, la délivre de son sort de belle endormie en la… piquant d'une de ses flèches.

Intéressante transposition, me suis-je dit, et qui n'est pas rare. Dans de nombreuses représentations plastiques, le baiser remplace des gestes ou des sentiments qu'ainsi il magnifie, et je ne serais pas étonnée si, partant à la recherche des baisers dans les histoires qui ont inspiré tant de peintres et de sculpteurs, je ne les y trouvais pas.

Au fait : Zeus accorda bien sûr à Amour la permission d'épouser cette mortelle.

LA CONNAISSANCE PAR LES LÈVRES

En allant fureter du côté de l'histoire des mœurs, j'ai eu confirmation de l'intuition de Sophia, qu'on n'avait pas toujours séduit ni rencontré ses amoureux selon les mêmes protocoles : il a fallu attendre les années 1940 et la généralisation du « flirt », ce « conter fleurette » qui nous est revenu par la langue anglaise, pour que le baiser devienne une activité autonome et publique. Bien sûr on s'était toujours embrassés, mais auparavant la relation amoureuse se déroulait sous les yeux de la famille et de la collectivité, elle excluait une trop grande proximité physique et était destinée à aboutir au mariage. Les nouvelles amours juvéniles, consistant à marcher main dans la main et à s'embrasser avec la langue, ne se sont répandues dans la société qu'une fois admise l'idée qu'un jeune couple pouvait s'isoler et les corps se rapprocher. Le baiser sans autre fin que le plaisir mutuel, le baiser comme un monde pour deux (sous les porches, devant l'hôtel de ville, dans les squares, sur les fameux bancs publics) n'est devenu pratique courante qu'à partir du moment où l'on a trouvé normal d'avoir, au fil du temps, plusieurs « petit(e)s ami(e)s ».

Lorsque j'ai rapporté ces informations à Sophia, elle a hoché la tête et m'a dit, songeuse : « Ah, le flirt ! souviens-toi : les stations interminables sur les murets et les bancs, parfois en compagnie d'autres couples, le silence fréquent, ennui et excitation mêlés, et les baisers appliqués, consciencieux, suivis de nouveaux silences… Ennui des amourettes, non ? » J'ai un peu protesté – la magie des premiers baisers, la dimension nouvelle qui s'ouvre, l'initiation à l'autre, j'ai même cité Novalis qui figurait dans mes notes de première urgence : « Au premier baiser s'épanouira devant toi un monde nouveau et avec lui la vie entrera, en mille rayons, dans ton cœur ravi en extase[1] » –, mais je sais qu'elle aime bien me provoquer. « En tout cas, a-t-elle poursuivi, voilà qui explique peut-être l'étrange scène du baiser dans *Le Côté de Guermantes*. Tu l'as en tête ? »

Tu l'as en tête… Question qui m'embarrasse toujours, car ma mémoire, hélas, défaille plus

1. Novalis, *Les Disciples à Saïs*, 1802.

souvent qu'à son tour. Elle a fort heureusement continué sans attendre, me rappelant cette scène, très érotique (le narrateur et Albertine se caressent jusqu'au plaisir), où le baiser, qui donne lieu à de nombreuses réflexions, est posé… sur la joue (« savoir le goût de la rose inconnue que sont les joues d'Albertine »). Je suis allée chercher mon exemplaire et nous avons vite retrouvé le passage (d'autant qu'à la fin du volume j'avais noté au crayon : « p. 366 : baiser sur la joue d'A. », preuve que ces pages m'avaient frappée – ce qui ne m'a pas empêchée de les oublier. Affreux.) Sophia a continué : « J'imagine mal un auteur contemporain écrivant pareille scène et s'y contentant d'une "bise", qui est la forme désérotisée du baiser, réservée à Philia, et que nous distribuons d'ailleurs, avouons-le, un peu à n'importe qui… »

Nous avons parcouru les quelques pages où j'avais souligné cette déclaration amusante qui, à la relecture, m'a fait faire trois fois le tour de mon bureau à toute vitesse tant j'étais à la fois d'accord et pas avec elle :

> *L'homme, créature évidemment moins rudimentaire que l'oursin ou même la baleine, manque cependant encore d'un certain nombre d'organes essentiels, et notamment n'en possède aucun qui serve au baiser. À cet*

organe absent il supplée par les lèvres, et par là arrive-t-il peut-être à un résultat un peu plus satisfaisant que s'il était réduit à caresser la bien-aimée avec une défense de corne.

J'aime l'idée que le baiser mériterait rien moins qu'un organe à lui seul dévolu, mais je proteste : nous le possédons, les lèvres y suffisent ! Pas pour Proust. D'où sa perception cocasse du baiser :

Mais hélas ! – car pour le baiser, nos narines et nos yeux sont aussi mal placés que nos lèvres, mal faites – tout d'un coup mes yeux cessèrent de voir, à son tour, mon nez, s'écrasant, ne perçut plus aucune odeur, et sans connaître pour cela davantage le goût du rose désiré, j'appris, à ces détestables signes, qu'enfin j'étais en train d'embrasser la joue d'Albertine.

Mais s'il avait embrassé sa bouche ?

Il y reste une part de vérité quand même. À la définition rudimentaire (« contact des lèvres sur une quelconque partie du corps »), Proust semble opposer une vocation du baiser qui lui paraît hors d'atteinte et que, dans le même passage, il évoque en creux : les lèvres, lit-on, « doivent se contenter, sans comprendre leur erreur et sans avouer leur déception, de vaguer à la surface et de se heurter à la clôture de la joue impénétrable et désirée ». Surface impénétrable de la joue : l'enveloppe charnelle tient à distance l'être qu'on voudrait atteindre au cœur (on aimerait *se glisser sous sa peau*), et c'est une expérience commune que ce désir violent, mais vain (d'autant plus si l'on est femme) de pénétrer le corps de l'aimé, ou du moins de ne faire des deux corps plus qu'un. Mais – où Proust a tort – le baiser amoureux est justement une manière de briser la barrière des peaux et d'approcher cette « connaissance par les lèvres » (sa belle formule) qui est tout le rêve des amants épris. Non qu'il donnerait l'illusion de pénétrer le corps de l'autre : mais parce qu'il est invention et création d'un monde pour deux, le sentiment de la séparation s'estompe provisoirement et l'on se met à sentir comme un seul être – cet être amoureux que le baiser manifeste.

Sophia a renchéri : « Oui, dans le baiser nous redevenons cet androgyne primitif qu'évoque Aristophane dans *Le Banquet* de Platon : deux êtres en un.

– Deux êtres en un… une sphère ?

– Oui, une forme entièrement ronde, dos arrondi, côtes circulaires, quatre mains, autant de jambes.

– Et la tête ?

– Une seule tête portant quatre oreilles, mais, sur un cou comme une colonne, deux visages regardant en sens opposés.

– Alors ils ne pouvaient guère s'embrasser, ai-je regretté.

– Mais on peut penser que l'androgyne n'en éprouvait pas le désir puisqu'il était deux parfaitement ajustés. Note bien qu'on a pris l'habitude de les nommer androgynes, mais cette appellation ne correspond qu'aux humains primitifs dotés des deux différents sexes. Aristophane évoque aussi ceux qui portaient deux fois le même sexe. L'histoire finit mal. Les humains voulurent combattre les dieux, et ceux-ci, pour les punirent, les séparèrent. Mais comme ils dépérissaient, car ils ne pouvaient plus s'unir et procréer, Zeus décida, pour que l'espèce perdure, de mettre les sexes devant. Et depuis ils se cherchent. C'est ainsi que le mythe explique l'amour comme l'exultation des deux moitiés de l'ancienne dyade se retrouvant. Le baiser n'est-il pas une autre façon de célébrer et de jouir de l'unité reconquise ?

– Je ne crois guère à l'unité ou à sa perte, lui ai-je répondu, mais l'image est belle pour exprimer le sentiment de complétude que procurent l'amour et le baiser. C'est elle qu'on voit par exemple dans *Le Baiser* de Gustav Klimt, où les visages et deux mains émergent d'une aura d'or et de fleurs mêlées, elle aussi qu'on retrouve dans la stèle funéraire qu'a sculptée Brancusi pour la tombe d'une amie, où les corps sont si étroitement imbriqués qu'ils forment une seule entité dans un rectangle parfait.

– Le baiser est une création sans cesse renouvelée, a murmuré Sophia, et même les embrasseurs réguliers le réinventent chaque fois entre eux.

– Oui, il est une sorte d'œuvre éphémère. »

Nous nous étions déjà quittées quand m'est revenu, fulgurant, un souvenir des premières années de collège – en réalité trois souvenirs en un, associés dans ma mémoire, et dont deux concernent le flirt. Premièrement, la honte de ne pouvoir arborer, auprès de mes camarades, aucun amoureux (trop sage), alors qu'en avoir un était déjà devenu une obligation (la norme), de sorte que je me sentais obligée de m'en inventer ; deuxième honte, celle des seins qui poussent, ces pointes si embarrassantes sous le polo fluide et rouge, alors que des seins épanouis m'auraient causé moins de gêne, pensé-je (comme si la croissance était un processus ridicule, mais non son résultat – c'est d'ailleurs ainsi quand je travaille, je ne donne jamais à lire mes écrits dont j'ai honte tant qu'ils sont en cours, tandis que je suis prête à assumer leur forme finale, voire leur ratage).

Pourquoi un polo rouge, comme si je n'avais porté que ce vêtement ? Mystère des connexions de la mémoire… Sans doute parce que sur une photo de cette époque, où l'on devine les tétons misérables, je suis ainsi vêtue. Enfin, troisième souvenir associé : cette jeune fille de ma classe, douze ou treize ans, qui nous racontait ingénument comment, flirtant sur un canapé, elle s'était retrouvée en train de faire l'amour, sans comprendre comment cela avait pu se produire. Tout m'avait semblé surprenant dans son récit : qu'on puisse faire pareille chose sans l'avoir voulu et qu'on en informe tout le monde.

À ce point de mes pensées, j'ai buté sur le seuil de la boulangerie où j'allais acheter des gâteaux pour mon fiancé (j'aime ce magasin où l'on donne des sacs en papier sur lesquels un petit bonhomme d'un autre temps lance en courant : *Mangez des gâteaux !* Oui, frères et sœurs, mangeons des gâteaux et échangeons nos haleines ainsi parfumées), j'ai donc buté sur le seuil comme souvent lorsqu'une idée surgit en marchant et qu'alors je m'absente à mon corps. C'est l'intérêt de reconsidérer ses souvenirs, c'est-à-dire de penser enfin ce qui n'a longtemps été que matière inerte dans la mémoire : ils finissent par livrer leur signification profonde. Je venais de comprendre que, mis à part la fascination qu'exerce, à l'adolescence, tout ce qui concerne la sexualité, cette anecdote (sur laquelle à l'époque je ne mettais pas de mots, je n'éprouvais que la stupeur) m'apprenait qu'on pouvait être absolument hors de soi, et qu'au-delà de la *mécanique* de l'étreinte, sur laquelle j'avais quelques lumières théoriques, il existait cette chose étonnante, un mouvement intime qui nous déborde, nous surprend, nous submerge – le désir. Oui, c'était sans doute ma première rencontre avec l'idée du désir.

Gâteaux et idées : je suis arrivée chez mon fiancé chargée d'offrandes que j'ai déversées en vrac. Dans son cerveau très agile, le souvenir triple et ce que je lui rapportais de ma conversation avec Sophia ont immédiatement suscité une connexion. Car il est aussi hypermnésique que je suis hypo (mnésique s'entend), trait qui présente, chez un fiancé, bien des avantages : je profite en permanence d'une sorte de bibliothèque ambulante. Il a filé vers ses rayonnages chercher le *De rerum natura* du poète latin Lucrèce.

J'ai attendu, mollement installée dans le vaste sofa qui tanguait comme un navire, frémissant dans l'attente exquise du moment où les pages du livre, d'ordinaire collées les unes aux autres, s'écartent délicatement pour laisser passer leur souffle de mots et de sens. Oh, mais je vois partout des lèvres s'entrouvrant.

« C'est la question du désir aussi taraudant qu'inassouvissable qui m'y fait songer, a dit mon hyper. Tu lies intimement le baiser au désir, soit. Mais si le désir est manque – or il l'est, n'est-ce pas ?

– Provisoirement, mais il conduit souvent à la satisfaction.

– Admettons. Si en son jaillissement, au moins, il est manque, le baiser, lui, est rage.

– Rage ? Comme tu y vas !

– Écoute Lucrèce : “L'amour espère toujours que l'objet qui alluma cette ardente flamme est capable en même temps de l'éteindre : illusion que combattent les lois de la nature. C'est le seul cas en effet où plus nous possédons, plus notre cœur s'embrase de désirs furieux. Les aliments, les boissons, sont absorbés et passent dans notre organisme [...]. Mais d'un beau visage et d'un bel incarnat, rien ne pénètre en nous dont nous puissions jouir.”

N'est-ce pas ce que regrette aussi Proust ? On voudrait pénétrer le corps de l'autre, ou l'absorber, on aurait envie de passer *dans* le corps désiré, de s'y fondre, mais le baiser reste à la surface.

– Par la surface on accède à la profondeur, ai-je rétorqué.

– Est-ce si sûr ? En tout cas chez Lucrèce, qui développe ces idées dans le livre IV, au chapitre “Danger de l'amour, souffrances et illusions des amoureux", le baiser est le témoignage de l'égarement et du manque : "Au moment même de la possession, l'ardeur des amoureux erre et flotte incertaine : jouiront-ils d'abord par les yeux, par les mains ? Ils ne savent se fixer. L'objet de leur désir, ils le pressent étroitement, ils le font souffrir, ils impriment leurs dents sur ses lèvres mignonnes, qu'ils meurtrissent de baisers..."

– Ah, mordre c'est donc baiser encore.

– "Les caresses de la volupté se mêlent aux morsures pour les réfréner..." Mais maintenant donne-moi ta bouche, ma renarde, que je te connaisse par les lèvres.

– Lis encore un peu.

– "Ils pressent avidement le corps de leur amante, ils mêlent leur salive à la sienne, ils respirent son souffle, les dents collées contre sa bouche : vains efforts, puisqu'ils ne peuvent rien dérober du corps qu'ils embrassent, non plus qu'y pénétrer et s'y fondre tout entiers. Car c'est là par moments ce qu'ils semblent vouloir faire ; c'est là l'objet de cette lutte..." Ma pacifique lutteuse, laisse-moi te prendre et me fondre tout entier.

– Ce sera vain, tu voudras ensuite recommencer.

– Nous recommencerons. Rien ne me plaît tant que cette poursuite délicieuse. "Cette violente ardeur se relâche pour un moment ; puis un nouvel accès de frénésie survient, la même fureur les reprend…" Tu entends ? C'est le rythme même de l'étreinte. Eh bien, je ne savais pas que j'aimais tant Lucrèce. Mais laisse-moi vérifier qu'il a raison et que, bientôt rassasié, je languirai pourtant après une volupté nouvelle.

– Embrasse-moi.

– Où donc ? »

L'ABANDON

Je goûte infiniment les tendresses de l'amitié et me réjouis chaque jour de vieillir lentement dans la fraternité des cœurs qui s'accompagnent, auprès de quelques êtres chers dont je connais la trajectoire sous le soleil. Ainsi Sophia sait-elle qu'elle trouvera toujours chez moi oreille attentive et, parfois, bon conseil. Et vice-versa. Elle m'a envoyé ce matin un message affolé, me disant qu'elle « contrôlait de moins en moins la situation ». Mais est-ce si grave ? Elle est tiraillée, me confie-t-elle, entre ces deux désirs contradictoires sur lesquels clopine la société depuis que nous avons jeté nos bonnets par-dessus les moulins : l'envie de protéger cet amour tendre et apaisé qui l'accompagne depuis des années, cet homme, ami, amant et frère auprès duquel elle voudrait vivre jusqu'à la fin de ses jours, et l'envie non moins violente de céder à l'incandescence du désir nouveau qui l'a saisie depuis qu'elle a rencontré Youssef. Comment se tirer de cet écartèlement, comment choisir entre la douceur et la brûlure ? Cette situation lui donne mille occasions, écrit-elle – « Toujours mille, tu as raison, c'est le chiffre de l'embrassement » – d'éprouver la saveur du baiser, et elle se demande si, depuis que nous en parlons ensemble, nous avons assez souligné combien il pouvait engendrer d'abandon. « Il provoque une rupture dans le rythme ordinaire de l'existence, dans le flux du temps, un consentement au monde par l'acquiescement au désir (*je reconnais bien là l'exaltation de l'amoureuse*). Le baiser est le désir. Baiser, désir, c'est tout un, nous le disions l'autre jour, aucun des deux ne s'achète, ne se réfléchit, ne se calcule : oui, le baiser est, métonymiquement, le désir même. Deux choses à te raconter.

« J'ai voulu rompre avec Youssef. Vieille rengaine. Drôle comme connaître ces configurations sentimentales sur le bout des doigts n'empêche pas d'y succomber, parfaitement consciente, parfaitement désarmée. Le baiser, donc : hier je suis passée le voir et, au bout d'une heure, je voulais partir. Nous avions parlé, beaucoup, passionnément, car il prépare à l'avance des programmes de discussion et songe aux sujets qu'il soumettra à nos palabres – certains vous accueillent avec des bouquets, lui c'est avec des fleurs de conversation, séduction par l'esprit, car il n'ignore pas que l'intelligence est érotique. Je voulais rejoindre celui que je continue de lui préférer, même si je le désire moins, et je me tenais sur le seuil, la main sur la poignée de la porte, encore un mot, une phrase, mais j'étais décidée, je voulais partir, et voilà qu'il a fait un pas – te le raconter me chavire encore –, m'a enlacée avec délicatesse, « D'accord, tu t'en vas, je ne te retiens pas, au revoir, au revoir, mais un baiser d'adieu », et ce baiser était si terriblement doux que ma décision a fondu, que ma volonté s'est évanouie. Ah, comment restituer cette exquise dilution de la détermination, ce soudain rassemblement de l'être dans la sensation, cette mer intérieure qui noie la résolution dans la promesse de l'extase – l'image me vient d'un corps qui s'effondre lentement sur lui-même (brûlante étoile), soutenu par les bras (le désir) de l'autre. Voilà. Je suis bien perdue et même, te l'avouerai-je, je me méprise un peu d'interpréter une partition si convenue. Aie pitié de moi (mais je comprendrais bien que tu… m'envies). (*Ah, malicieuse!*)

« La seconde chose, pour me faire pardonner d'être si ennuyeuse avec mes banales histoires d'amant (*mais non, elle m'ennuie d'autant moins qu'elle apporte constamment, en bonne amie, de l'eau vive au moulin des baisers. Et puis, dans toute "banale histoire d'amant", on* vérifie *toujours des choses intéressantes*) est un souvenir qui m'est revenu après avoir entendu tes trois souvenirs en un, dont les tétons qui pointaient. Cette fois, ce n'est pas tant l'abandon qui y domine que la frustration, venant justement de ce qu'on ne répondait pas à mon abandon.

« L'époque où il prend place, ma quinzième année environ, suit de près celle du premier baiser dans le lavoir. J'ai eu pendant quelques semaines ou quelques mois un petit ami prénommé Antoine qui, en se rendant en scooter à son lycée, passait tous les matins à la même heure devant chez moi, de sorte que je pouvais lui adresser par la fenêtre un petit signe de la main auquel il répondait de la même façon. À cette ponctualité, tu devines combien Antoine était un garçon sérieux (*mais elle aussi donc !*). J'ai souvenir, sans savoir si l'épisode fut unique ou s'il se répéta, d'une après-midi à s'embrasser dans les bois (les bois que grignotait la ville en expansion, tu t'en souviens), et je me revois, assise contre un tronc d'arbre abattu, les seins tendus vers lui. Je veux dire que mes seins de jeune fille réclamaient ses caresses. Car depuis le lavoir, je m'étais un peu dégourdie et je consentais qu'on me caressât les seins sur ma chemise (peut-être *sous*, mais ça m'étonnerait). Hélas, contrairement au Romain, cet Antoine-là ne me traitait pas en Cléopâtre, et il était si sérieux que jamais au grand jamais il n'aurait porté les mains sur ma poitrine. Et moi, noyée dans ce désir confus et cette envie indicible, je ne pouvais rien lui demander – pas assez délurée. Il aurait dû tenter, hasarder délicatement la main, il aurait bien senti alors… Ah! pourquoi n'a-t-il pas deviné cette tension de tout mon corps qui aboutissait à ces jeunes seins chauds comme ventres de pigeon et désirant éperdument sa paume?

« Ce que je veux te raconter c'est, dans un pressentiment de l'étreinte, le désir fou de la caresse que les baisers faisaient lever dans mon corps, comme si, le temps passant, la chair se réveillait par étapes, la bouche puis les seins, jusqu'à ce que vienne plus tard le désir d'être prise, comme on dit, mais plus tard, avec le premier amour, quand le corps-esprit tout entier s'engagerait, pour réduire l'étrangèreté de l'autre et se brûler à son cœur battant. »

La beauté de l'amitié tient à sa générosité, dans les actes comme dans les aveux. *Parle, donne en partage, tu sais mon oreille bienveillante.* Et que saurions-nous du monde, de l'existence, si nous ne recueillions pas ces confidences minuscules que nous offre la parole amie, ces « secrets communs » qui se disent aussi dans les livres chuchotés et dans les romans ?

Sophia m'avait déjà raconté sa rencontre avec Youssef. Ils s'étaient vus deux fois, dans des soirées, avaient bavardé, conversations mondaines, son sourire la troublait un peu – les lèvres pleines et brunes, dessinant un léger arc vers le bas, comme moqueuses quoique tendres – mais sans plus, bel homme du Sud, délicat, puis la troisième fois il s'était assis près d'elle sur le canapé et avait murmuré *Ya lil! Habiba*… Son bras sur le dossier était-il si proche de ses épaules pour brûler ainsi leur chair ? « Il m'a dit les trois mots de sa langue que je savais : *Ô nuit, Bien-aimée.* » Quelques secondes plus tard, tandis qu'il l'entrainait dans un slow très doux – eux seuls à danser, sous le nez des amis un peu surpris –, elle s'était rendu compte, à la faveur de l'enivrant enlacement, combien il lui plaisait, combien en un instant et quelques mots elle était bouleversée de désir.

Ensuite la fuite, à pied à travers la ville, profiter de tous les coins ombreux pour s'embrasser, apprendre les odeurs du cou, la soie tendre des lèvres, plaquer son corps contre le corps inconnu, sentir qu'on vit de la vie haute, dans la gratuité du désir, dans la beauté de l'élection, et s'embrasser, s'embrasser, jamais rassasiés…

LANGUE (HUM !)

Moi aussi j'aime ce mot, *Habibi*, Bien-aimé. Pourquoi m'a-t-il toujours paru si tendre et si parfaitement accordé à son sens ? Dans un dialogue de Platon, Cratyle soutient que les mots sont justes non par convention, mais *naturellement*, qu'ils ressemblent aux choses qu'ils expriment – ainsi des onomatopées qui imitent la réalité qu'elles désignent. Il en va ainsi d'*Habibi* : les lèvres s'y pressent deux fois, *bi bi*, deux baisers accompagnent secrètement le mot qui convoque l'amoureux – *Habibi !* Qu'il me rejoigne sur ma couche, *Ya lil !* Ô nuit ! et que nos cœurs et nos corps palpitent ensemble ! « *Qu'il me baise des baisers de sa bouche !* », soupire l'amante du *Cantique des cantiques*[1].

1. *Cantique des cantiques* (I, 2).

On dit que les Inuits disposent de dizaines de vocables pour désigner ce que nous qualifions sommairement de neige (à la rigueur de *poudreuse* si l'on est skieur). Il est bien sûr très important de connaître avec exactitude la qualité de la neige autour de l'igloo – connaissance moins fondamentale quand il s'agit d'aller acheter douze tulipes au coin de la rue. Mais il n'y a pas de « trou » dans une langue : un terme recouvre un territoire plus ou moins vaste, qu'il partage avec de plus ou moins nombreux autres termes, mais toujours il suffit. Jusqu'à ce qu'on se mette à scruter ce territoire de sens et qu'on découvre combien sont vagues, ou trop générales, certaines désignations. Ainsi, j'ai mis un certain temps à prendre conscience de la pauvreté du lexique des baisers : nous ne disposons que de *bise* et *baiser* pour évoquer les multiples façons d'embrasser, et les termes d'argot ne sont pas plus explicites. Par cette imprécision, la langue jette un voile pudique sur le baiser. *Ils échangèrent un baiser*, *Ils s'embrassèrent doucement, longtemps* – oui, mais comment ? Dès qu'on s'approche des embrasseurs, qu'on les observe vraiment, il faut recourir aux compléments (sur la bouche, dans le cou, avec la langue…) pour corriger cette négligence du vocabulaire.

Mon fiancé a protesté : « Mais avons-nous envie d'en savoir plus ? Ne nous suffit-il pas que les embrasseurs s'embrassent, sans entrer dans les détails ? Au diable les sucs, les humeurs ou les mouvements de langue ! » Je ne sais pas. Peut-être. Il a ajouté : « Quand je te déclare que je t'aime, me demandes-tu *Comment* ? » Souvent mon fiancé trouve des arguments si imparables qu'ils me laissent sans voix. Il a partiellement raison : le baiser, comme l'amour, est susceptible d'une infinité de nuances, il excède les possibilités de l'expression linguistique. Compléments et circonstances viennent au secours du sens.

Sophia avait fait, quelques jours plus tôt, un relevé presque méthodique des baisers dans un roman de Maupassant qu'elle était en train de lire. « Pour voir, me disait-elle. On s'arrête peu sur les baisers de roman en général, ils sont si naturels qu'on les lit sans les remarquer vraiment – ils ponctuent. Dans *Fort comme la mort*, les baisers sont échangés par deux personnes qui s'aiment depuis longtemps, paisiblement : cas de figure où Éros s'est mué en Philia, l'amour tendre. Voici ce que j'ai trouvé. D'abord le baiser de salut :

> – *Eh bien, on ne m'embrasse pas.*
> – *J'ai fumé, dit-il.*

Elle fit :
– Pouah.
Puis tendant ses lèvres :
– Tant pis.
Et leurs bouches se rencontrèrent.

Il est certain que le tabac décourage le baiser. Ensuite le baiser de gratitude. Pour la remercier, il murmura près de son oreille :

– J'ai une envie folle de vous embrasser.
[…]
– Alors, vous m'aimez toujours ?

Certains disent qu'on mesure l'amour à la fréquence des vrais baisers échangés, que les vieux couples ne s'embrasseraient plus. On verra. Puis j'ai trouvé les baisers de consolation… :

Elle se pencha, et lui soulevant la tête entre ses deux mains, mit sur son front des baisers lents et tendres, ces longs baisers qui semblent ne pas devoir finir.

… dont trois distribués dans les lettres :

Je baise vos yeux pleins de larmes avec une profonde pitié.

> *Je baise vos pieds pour que vous ayez pitié de moi. Je vous tends mes yeux qui ont tant pleuré, pour que vous les baisiez.*

où l'on vérifie que le front et les yeux, peu érotiques, sont plutôt voués à recueillir les gestes d'apaisement. Dans le même registre, j'ai été très touchée par la douceur de ces baisers "comme des soins" donnés à l'amant en train de mourir après avoir été (ou s'être laissé) renversé par un fiacre :

> *Se penchant un peu plus, elle effleura son front, puis ses yeux, puis ses joues de baisers lents, légers, délicats comme des soins. Elle le touchait à peine du bout des lèvres, avec ce petit bruit de souffle que font les enfants qui embrassent. Et cela dura longtemps, très longtemps. Il laissait tomber sur lui cette pluie de douces et menues caresses qui semblait l'apaiser, le rafraîchir…*

Et as-tu songé au baiser comme métaphore ? Maupassant évoque une musique "qui semble n'être qu'un souffle de baisers". Joli, non ? »

Oui, tout cela était joli, mais je n'étais pas très avancée sur la question de la langue. Sans compter que Sophia avait ajouté un post-scriptum en manière de poil à gratter : « À propos de ces baisers dans les lettres : as-tu réfléchi à leur valeur performative ? Tu sais, certains verbes, comme *Je jure, Je te maudis, Je vous marie*, sont performatifs : les énoncer a valeur d'acte ; exprimer, c'est déjà réaliser. Dirais-tu des baisers envoyés par lettre, *Je t'embrasse, Je te serre dans mes bras*, avec leur étrange pouvoir d'évocation aussi bien que leur absurdité (les baisers, si profondément charnels, rendus virtuels...), dirais-tu qu'ils ont une valeur performative ? »

Oh, eh bien j'y penserai, j'y penserai plus tard. En attendant, je lui ai envoyé sans la commenter cette citation de Kafka qui figurait dans mes notes de première urgence et qui clouerait peut-être le bec de cette savante : « Écrire des lettres, c'est se mettre nu devant les fantômes. Ils attendent ce geste avidement. Les baisers écrits ne parviennent pas à leur destination. Les fantômes les boivent en chemin[1]. »

N'ayant aucune raison d'être désagréable avec mon fiancé, je ne lui ai bien sûr jamais raconté, bien que nous ayons maintenant de longues et fréquentes conversations (entrecoupées) à propos des baisers, que j'ai eu un amant dont

1. Franz Kafka, *Lettres à Milena*, 1920-1923.

l'haleine sentait le pain d'épices. Le pain d'épices... Lorsque j'y ai repensé, tout à l'heure, je suis presque certaine que le souvenir de cette odeur suave m'est fugitivement revenu. Une odeur : l'insaisissable même ! À présent je crois – tout en remettant l'épreuve à plus tard par crainte d'être déçue – que si je me concentrais, je pourrais la susciter de nouveau. Je ne sais comment nous nous embrassions puisque, comme celui des odeurs, le souvenir des baisers se fixe rarement : ne reste que la mémoire vague des effets ou des circonstances, d'une qualité de joie ou de la douceur de l'air. Et, pour cet homme-ci, de son haleine. Ce qui ne trouve pas refuge dans les mots se grave d'autant moins dans la mémoire.

Comme, par délicatesse donc, j'abordai le sujet de l'haleine d'une manière très générale (« la question des parfums de la bouche »), mon fiancé a aussitôt pris un livre – ah, décidément, lorsque les pages s'entrouvrent, promesse d'un sens ou d'une musique, elles sont comme les lèvres de l'esprit. Il a donc pris un livre et j'ai attendu, frémissante, le bouquet d'idées nouvelles qui s'en exhalerait. Il s'agissait des baisers dans les banquets latins (à peine savais-je que les Romains s'embrassaient en festoyant), baisers qui « assuraient la communication entre deux corps, par l'échange de leurs souffles vitaux », m'a-t-il annoncé. Fichtre !

« Le baiser est aux banquets latins ce que le vin pur était aux banquets grecs : partage d'une ivresse noble et inspirée.

Quand je baise mon petit ami d'un baiser à moitié entrouvert
J'aspire la fleur de son souffle sur sa bouche béante[1].

Tu entends ? Le souffle est comme une fleur, odorant et, par le baiser, il coule d'une bouche à une autre, fluide léger, incorporel. Ainsi, l'âme qui est, selon les Romains, de nature pneumatique, s'échange par les baisers. Mais elle peut aussi se perdre dans l'embrassé :

Alors s'il avait duré un instant de plus
Ce baiser qui nous unissait
Ma vie embrasée par l'amour
Serait passée chez lui en m'abandonnant.

– Ce même rêve de pénétration que tu me lisais dans Lucrèce l'autre soir.

– Et, tout comme Lucrèce, les Romains savent que le baiser appelle d'autres baisers, car loin

---

1. Aulu-Gelle, *Nuits attiques*. Cité par Florence Dupont, *L'Invention de la littérature*, 1994.

d'étancher le désir il l'exacerbe, et il faut donc une grande maîtrise de soi pour ne pas verser dans une sensualité vulgaire. Ils vivent ainsi une expérience des limites.

– Si je comprends bien, ce baiser de banquet n'aboutissait pas à une étreinte ?

– Mais non. L'idée est d'échanger les souffles tout en maintenant le désir. En ce sens leur baiser s'oppose à la copulation qu'ils estiment relever de la sexualité animale. Il est une fin en soi et circule entre les convives au même titre que la poésie. »

Mon attention s'était relâchée. J'étais traversée d'étranges visions de Romains allongés, en train de s'embrasser, de boire et de déclamer de la poésie. Mon fiancé évoquait les baisers sur la bouche (romaine) sans caractère érotique, par exemple ceux donnés aux femmes et destinés, peut-être, à vérifier qu'elles n'avaient pas bu de vin ; puis il poursuivait en affirmant que Tibère avait interdit le baiser de salutation entre hommes pour enrayer la contagion d'une maladie, et il enchaînait avec cette triste mais vraisemblable hypothèse que les peuples indo-européens anciens (nos ancêtres) n'auraient connu que ces baisers de salutation et pas le baiser érotique – bizarre, bizarre… J'étais bien loin du pain d'épices.

Pour l'interrompre sans changer de sujet, j'ai lancé : « Et le passage du verbe *baiser* signifiant *embrasser*, à *baiser*, pour *faire l'amour* ? » Mon fiancé a haussé un sourcil et m'a dit : « Bonne question.» Parfois il faut savoir le ramener sur terre.

Dans son dictionnaire étymologique, nous avons appris que cet emploi était attesté dès le XVIe siècle et que, dans *Le Malade imaginaire*, on riait quand Thomas Diafoirus demande à son père « *Baiserai-je ?* » ; que l'érotisation du vocable a conduit à son remplacement définitif par « embrasser », mais qu'il a connu une (regrettable) extension à la fin du XIXe siècle puisqu'il signifie aussi « tromper, berner ». Quand nous sommes passés à « bise », apparu sans doute à la fin du XIXe siècle, à la même époque que le régressif « bisou » hélas très à la mode après 1960, j'ai dit en bâillant : « Pas étonnant : quand le baiser amoureux est devenu, grâce au flirt, une telle institution, il a sans doute fallu multiplier les vocables pour le distinguer des autres façons d'embrasser. » Mais à cette heure de la soirée, la vie m'a soudain paru si brève que j'ai décidé d'appliquer sur le champ mon adage favori : Vis comme en mourant tu voudrais avoir vécu.

Avant de m'endormir, j'ai marmonné : « La poire… rien ne vaut la poire pour rendre l'haleine délectable. Ne jamais se résoudre à la menthe qui dénonce l'artifice et l'intention. La poire, mine de rien, parfume et sucre la bouche, délicieusement et avec naturel… » Mais mon fiancé dormait déjà.

LA SECONDE PLACE DE DOUCEUR

Dès le lendemain, je donnai lecture à mon fiancé d'extraits du traité de Francesco Patrizi écrit vers 1560, *Il Delfino overo del bacio – Du baiser.*

> *D. – Je suis venu vous trouver afin que vous me libériez d'une pensée dont je ne parviens pas à me défaire seul, tant elle me paraît nouvelle et complexe.*
> *P. – Soyez le bienvenu, mon cher Messer Angelo. Quelle est cette pensée qui vous donne tant à penser ?*
> *D. – J'ai bien souvent agité en mon esprit la douceur qu'on éprouve dans le baiser, qui est en vérité si grande que si elle n'occupe pas la première place de douceur en amour, la seconde lui revient assurément. J'en ai souvent recherché la cause, sans avoir jamais pu en trouver une qui me convînt et apaisât un peu mon esprit*[1].

1. Francesco Patrizi, *Du baiser*, vers 1560.

Patrizi, lui ai-je appris, Vénitien de Bosnie, fut marin et marchand avant d'étudier la médecine et la philosophie à Padoue, et de devenir un brillant universitaire à Ferrare puis Rome. Dans cette existence ponctuée de livres, il en consacre un au baiser, audace intellectuelle qui trouve sa justification dans le lien que le philosophe établit entre ce geste et l'amour, sentiment dont la deuxième partie du texte établit la doctrine.

Un jeune homme curieux, Delfino, vient au désert trouver Patrizi pour demander son aide : l'ermite saura certainement lui expliquer pourquoi le baiser est si doux, car même chez les écrivains qui ont merveilleusement parlé de l'amour, il n'a pas trouvé un mot sur cette question. Le philosophe se récrie : est-il bien avisé de venir interroger un ermite qui ne s'occupe guère d'études amoureuses ? Delfino, cependant, ne se laisse pas décourager : il sait bien que Patrizi a dû connaître l'amour. Peut-être, mais enfin, une énigme aussi complexe, faut-il y répondre au pied levé ? Delfino proteste, le chemin est plus escarpé et rude que sa question, Patrizi doit lui répondre maintenant. Or voyez comme ce jeune homme est un grand mage, s'extasie le philosophe : « Vos prières ont le pouvoir de disposer mon âme à parler d'un sujet dont je ne sais rien. »

J'ai dit à mon fiancé qu'au-delà de la précaution rhétorique j'entendais bien l'ermite : comme tous les écrivains, il a le sentiment de parler d'un sujet dont il sait qu'il ne sait rien. Et c'est pourquoi il pourrait sans doute déclarer, comme une romancière célèbre, qu'il écrit pour savoir ce qu'il écrirait s'il écrivait. Pour ma part, je sais ne rien savoir du baiser hormis ce que j'en ai éprouvé, mais j'aime comprendre mes émotions, voilà tout.

L'ermite commence donc par demander à Delfino s'il trouve *tous* les baisers délicieux ? (le texte italien parle de *dolcezza* et de *soavità*). Le jeune homme admet que les baisers des amis ou des parents (Philia) ne procurent pas de douceur, non plus que ceux posés sur le front ou la joue.

« P. – Mais quelle sorte de baiser vous paraît donc délicieux ? D. – Le baiser sur la bouche me procure de la douceur. »

Où l'on comprend que cette « douceur », en italien de la Renaissance, n'est rien de moins que la volupté, et où je m'accorde avec Patrizi : le baiser sur la bouche est le maître baiser. « Rien ne brûle ni ne réchauffe si ce n'est par le feu. De même, nul baiser n'est assaisonné de douceur si ce n'est le baiser amoureux. » (Je comprends que la bise ne soit pas universelle – code social comme un autre – mais le baiser ? Quels pauvres amants le méconnaîtraient ? Peut-on aimer et n'embrasser point ? Pourtant certains prétendent que la moitié des Terriens seulement le pratiquent. Le monde est bien cruel.)

Inversement, affirme ce très averti philosophe, nulle « douceur » si l'embrassé(e) n'est pas aimé(e) :

> *Je crois que l'on éprouve une douceur ineffable dans le baiser d'une personne aimée ; […] c'est l'amour et rien d'autre qui fait les délices du baiser : sans cet amour le baiser est mort et dénué de saveur.*

Le dialogue de l'ermite et de son visiteur vise à apporter de l'ordre :

> *P. – Les baisers amoureux se donnent en six parties de la personne aimée, et de quatre manières, pas une de plus.*
> *D. – Et quelles sont ces six parties ?*
> *P. – Ce sont les mains, la poitrine, le cou, les joues, les yeux et la bouche.*
> *D. – Et les manières ?*
> *P. – Les manières sont les suivantes : du bout des lèvres, avec succion des lèvres, avec morsure et avec la langue.*

Ah coquin ! pour lui aussi la morsure en est donc ? Morsure… mordillure, plutôt. Quel grand humaniste, ce Patrizi, instruit des choses de l'esprit comme de celles du corps et du cœur – un homme complet. Mais puisque nous parlions morsure, mon fiancé a extrait de sa poche le cadeau qu'il m'avait apporté, *Les Baisers* de Jean Second, composé de dix-neuf poèmes publiés une première fois en 1539 et copiés, traduits, adaptés et pillés jusqu'au XVIIIe siècle. Il a murmuré (et je sentais son souffle sur ma joue) :

Nééra, quelle rage
Insane te dicta
Par ce mordis sauvage
D'ainsi forçant ma lèvre
Déchiqueter ma langue[1] ?

Puis, se reprenant, non sans avoir mordillé le bout de mon oreille que j'ai pointue comme une renarde, il m'a dit :

« S'il a été si souvent imité, c'est, je crois, parce que tout en recourant aux topoï sur le baiser – "comme un feston de vigne enlace l'orme proche" ; "par nos deux bouches mêler nos deux âmes" (ici, mon fiancé accompagnait ses mots de mimiques amusantes) – il les dépasse cependant. Car il est le premier à donner une vraie description

1. Jean Second, « Baiser VIII », *Les Baisers*, 1539.

du baiser en lui-même : bouche, salive, langue, morsure, caresse…

– Pas trop précise, j'espère ?

– Tu serais donc prude ?

– C'est toi qui protestais tantôt contre la précision. Moi, tu sais parfaitement comment je suis.

– Dans le détail…

– Mais, comme toi, je ne suis pas certaine d'avoir envie d'entendre parler de transfert de salive et de rotations de la langue. Je me rappelle une scène d'amour, dans un film très chaste au demeurant, où les partenaires dardaient leur langue dans la bouche l'un de l'autre, et ce baiser m'avait paru désagréablement pornographique.

– Pourtant ma renarde n'a rien contre la crudité que je sache ?

– Tu le sais. Mais l'érotisme résulte d'un savant équilibre dont chaque époque déplace le trébuchet. Aujourd'hui, il me semble que la pornographie consiste à montrer le geste de l'extérieur, comme une scène seulement vue. Tandis que l'érotisme dit la chose dans sa crudité, certes, mais accompagnée du sentiment-sensation. Le baiser devenait déplaisant, dans la scène que je te rapporte, parce que la caméra ne saisissait que la pure extériorité du geste.

– Le perçu contre le vu, a résumé mon implacable fiancé.

– D'une certaine manière. Et puis il y a quelque chose… quelque chose qui rapproche le baiser, comment dire ? de l'horreur et de l'émerveillement que produit en nous la sexualité. Autant tes attributs me ravissent, autant ceux d'un autre, si leur vue ou leur contact m'était imposé, provoqueraient mon dégoût (mon fiancé buvait du petit lait). Ce n'est pas une partie du corps comme les autres.

– À bas le naturisme !

– Et le désir change tout : c'est le très singulier caractère de nos organes intimes que de pouvoir éveiller la répulsion comme la passion – tu sais comme j'aime à t'emboucher.

– Justement : est-ce encore là un baiser ?

– Je… je le crois. Et le baiser sur la bouche pareillement, peut-être parce qu'il convoque sucs et chairs tendres, provoque plaisir fou ou répugnance, selon qu'on le désire ou non. J'avoue (mon fiancé s'était soudain collé contre moi, nous filions un mauvais coton, ou plutôt je nous avais mis dans de beaux draps – j'essayai de gagner un peu de temps pour aller au bout de mon idée), j'avoue que je ne sais pas très bien, si l'on exclut les langues pointant et la salive filant, ce que pourrait être une juste crudité dans la restitution du baiser. Je vois comment on peut décrire une étreinte dans le détail, moins un baiser amoureux.

– Sans compter l'importance du contexte. Un baiser isolé est plat. Dans un roman ou un film, il conclut une séquence amoureuse en tirant toute sa force de ce qui le précède. »

Je m'apprêtais à répondre que dans la vie c'était tout le contraire, le baiser y étant souvent inaugural. Mais mon fiancé, que mes élucubrations n'amusaient plus, étant tombé récemment sur une photo où la bouche de l'un croisait à la verticale la bouche de l'autre, composant en quelque sorte une croix de lèvres, et ignorant l'effet que produisait cette géométrie (« Si je l'ai pratiquée, c'était jusqu'alors sans y prendre garde »), il voulait que nous essayions (« Je t'avais prévenue : je préfère les travaux pratiques »).

Ce fut un baiser très délicieux (bien sûr) et très naturel (en fait), où les langues s'atteignaient sans difficulté et s'entremêlaient fougueusement. Quand mon fiancé a mordillé mes lèvres (« Mordre, c'est embrasser, ma belle »), j'ai été saisie de longs frissons. Et comme je lui faisais remarquer que j'avais d'autres lèvres, verticales, non moins exquises, plus tendres et passives, secrètes, qui méritaient également ses baisers, la situation a dégénéré, la seconde place de douceur nous entraînant vers la première – mains qui filent, vêtements qui volent, baisers qui se dispersent, chairs qui se collent, mots d'incitation, sucs, sexes qui s'appellent, qui se joignent, pénétration lente et profonde, sentiment de la parfaite adéquation du monde (les attributs de mon fiancé) avec mon corps-esprit, plaisir et bonheur – j'en passe, oui, je passe, je passe.

SOUS LE PORCHE

En m'endormant le même soir, tandis que je me disais en souriant intérieurement « À quoi mène parfois la lecture... », le souvenir s'est présenté, fulgurant : « *quel giorno più non vi leggemmo avante* » – Paolo et Francesca !

Trop fatiguée (ô mon ardent fiancé), j'ai reporté ma lecture au lendemain et dès potron-minet j'ai ouvert avec gourmandise ma *Divine Comédie*. Je savais que Paolo et Francesca rencontraient Dante et Virgile en Enfer dans le deuxième cercle, réservé au péché de chair, et qu'ils s'étaient attiré la pire des punitions, mais provoquaient la commisération des lecteurs – celle de Dante du moins, qui dit s'évanouir de pitié à la fin du récit de Francesca, et celle des commentateurs jusqu'au XIXe siècle (de nos jours, ils sont un peu oubliés).

Leur histoire était tirée d'un fait véridique : la très belle Francesca da Rimini fut mariée en 1275, pour des raisons familiales ou politiques, au valeureux mais laid Giovanni da Malatesta, et s'éprit de son joli beau-frère, Paolo. Découvrant leur liaison, le mari les assassina. L'histoire de cette passion survenue une trentaine d'années avant la publication de l'*Enfer* avait dû rester dans les mémoires puisque Dante la reprend comme une histoire bien connue : preuve en est qu'on ne trouve nulle part, dans ce chant V, le prénom de Paolo, qui est pourtant rapporté par les commentateurs contemporains du poète.

Quand Dante demande à l'ombre gémissante de Francesca de raconter comment les amants eurent connaissance de leur affection naissante, la voix plaintive consent à évoquer cette « racine première », et pleure en la racontant : ils ont découvert leur désir et y ont succombé en lisant ensemble le chef-d'œuvre de la littérature romanesque médiévale, *Lancelot*. Ils étaient assis, en toute innocence, et si la lecture parfois les troublait (« décolorait » leurs visages), c'est un passage particulier qui les fit céder, par imitation en quelque sorte : celui où Lancelot et Guenièvre s'embrassent enfin (formulation énigmatique en italien : la bouche de Guenièvre devient « *il disïato riso* », un « rire désiré »). À cette évocation, Paolo, tout tremblant, ne put s'empêcher de baiser les lèvres de Francesca (« *la bocca mi basciò tutto tremante*») et ainsi, délicieuse ellipse, « nous ne lûmes pas plus avant ».

De même qu'un baiser lu peut provoquer un baiser donné, un livre souvent suscite le désir d'un autre livre. Aussi, à rebours de Dante, ai-je voulu retrouver le baiser de *Lancelot*. Lancelot aime éperdument Guenièvre, l'épouse du roi Arthur, et pour elle devient chevalier de la Table ronde. Galehaut, ancien adversaire et désormais ami passionné, sera l'entremetteur bienveillant qui permet au chevalier, en organisant une rencontre secrète, de concrétiser son amour. Et voici Lancelot devant Guenièvre, tout embarrassé et les yeux baissés, qui lui confie timidement son amour, mais « n'ose en faire plus ». C'est qu'elle est sa dame, selon le code courtois, et sa suzeraine – double supériorité. Alors, « elle le prend par le menton et, devant Galehaut, l'embrasse très longuement ».

Grâce à la lecture de ces mots, Amour permit à Paolo et Francesca, « du temps des doux soupirs », de connaître leurs « incertains désirs » et d'y succomber. Leur Galehaut (leur entremetteur) fut ce livre qu'ils lisaient ensemble. Je savais le baiser susceptible de se déployer en cascade – il en était de même de son évocation littéraire. Le baiser de Guenièvre est assez laconiquement raconté et on l'imagine mal faisant perdre la tête aux deux lecteurs – sauf à considérer le contexte : c'est parce qu'ils savent que le baiser donné à Lancelot conclut un long et constant amour, qu'il les bouleverse.

En repensant à mes émois livresques des jours précédents, il m'est apparu sans l'ombre d'un doute que, dans son génie, Dante avait voulu exalter non la seule puissance du baiser mais celle de la littérature, et plus exactement de la lecture : le baiser de Paolo et Francesca en est l'allégorie. Comme la lecture, il enferme ses pratiquants dans un cercle enchanté, il crée un monde séparé de l'ordinaire, provoque une suspension de l'attention au réel et le déploiement silencieux d'émotions nouvelles. Lorsque s'entrouvrent les pages du livre – lorsque les lèvres des amants se rencontrent –, on quitte la rive familière et, ne sachant plus l'heure ni le temps, on entre dans l'univers enchanté du livre, comme on entre dans l'univers minuscule et infini du corps que le baiser tient près du sien. Tous deux par la bouche, les lèvres, siège de la parole.

Ravie de mes trouvailles, j'envoyai deux messages. Le premier à Sophia, où je reproduisis simplement la citation du *Lancelot* et l'extrait du chant V :

Nous lisions un jour par agrément
de Lancelot, comment amour le prit :

nous étions seuls et sans aucun soupçon.
Plusieurs fois la lecture nous fit lever les yeux
et nous décolora le visage ;

mais un seul point fut ce qui nous vainquit.
Lorsque nous vîmes le rire désiré être baisé
par tel amant,

celui-ci, qui jamais plus ne sera loin de moi,
me baisa la bouche en tremblant.
Galehaut fut le livre et celui qui le fit ;

ce jour-là nous ne lûmes pas plus avant[1].

Elle me répondit deux heures plus tard : « Tu te lèves drôlement tôt ! Belle pêche en tout cas. Seul un écrivain pouvait imaginer un thème promis à un si riche avenir littéraire, la perdition par les livres, qu'illustrent Emma Bovary et Don Quichotte. As-tu remarqué l'inversion des rôles chez Dante par rapport à *Lancelot* : ce n'est plus la femme qui prend l'initiative d'embrasser, mais l'homme – machos, les Italiens ? Par ailleurs, je suis frappée par cette utilisation du baiser qui en fait l'exact pendant de celle du cinéma hollywoodien : un baiser (raconté/montré) qui tient

1. Dante, *Divine comédie*, 1314.

lieu d'une indicible (invisible) étreinte. Quoi qu'il en soit, tu te demandais si le XVIe était un siècle à baisers, mais ces embrassements médiévaux sont très remarquables. »

Mon deuxième message fut pour mon fiancé. Car cet enchaînement – la lecture qui conduit au premier baiser qui conduit à l'étreinte – m'avait rappelé notre rencontre, quelques mois plus tôt. Du reste, je voulais aussi le remercier (d'exister, de son cadeau – le livre de Jean Second –, de ses baisers et de leur double conséquence : la nuit d'amour et le souvenir de Paolo et Francesca). Je lui ai donc envoyé ces pages où j'évoquai notre premier rendez-vous. Nous nous le sommes raconté souvent, comme font tous les amants – d'accord avec Louise Labé (ou qui se cache sous ce nom d'auteur) que « le plus grand plaisir qui soit après amour, c'est d'en parler[1] » – mais en y ajoutant le récit de ce qui le précédait.

« Rappelle-toi : je me demandais comment passer des messages de braise échangés sur nos téléphones tandis que tu voyageais, au lit qui accueillerait nos premières étreintes. Des mots aux caresses, il fallait inventer un seuil, un sas pour assurer le délicat franchissement. Aussi

1. Louise Labé, *Débat de Folie et d'Amour*, 1555.

te proposai-je de trouver, pour notre première rencontre, un porche sous lequel nous embrasser, comme un antre à l'abri des passants, un renfoncement entre bois et mur où nos corps s'épouseraient et où nous pourrions enfin rapprocher nos visages et mêler nos souffles, découvrir la douceur de nos lèvres, nous effleurer, puis laisser s'insinuer les langues.

« Je me mis en quête et il m'apparut bien vite qu'un bon porche ne consistait pas seulement en une belle porte (majestueuse, lourde, au bois épais et vernissé, décorée en son centre d'une solide et luisante poignée, et en son bas d'une plaque de cuivre contre les outrages des pieds impatients), mais qu'il fallait aussi qu'elle ouvrît sur un vestibule assez long pour que nous fussions loin des fenêtres de l'immeuble, et qu'elle fût gardée par une concierge logée suffisamment à l'écart et d'un naturel point trop fureteur. Le vrai problème, celui qui risquait de compromettre l'affaire, c'était… le code. Quelle porte n'en est pas munie de nos jours ? En tant que nouvelle spécialiste des huis, j'établis qu'il existait deux cas de figure : les portes continûment fermées et celles fermant le soir. Toutefois, ce dernier point fut vite résolu : nous ne pouvions nous embrasser dans la journée – trop de passage et d'interruptions imprévisibles. J'envisageai de mettre à profit les codes de mon carnet d'adresses. Mais le risque d'être dérangés était le même et, qui plus est, par des connaissances.

« Nous avons renoncé au porche.

« Nous nous sommes retrouvés dans un café où nos mains chuchotaient, puis nous avons marché dans la ville jusqu'à un pont sur le canal, un pont fluet qui luisait dans le soir, à moins que la lueur ne soit venue du reflet des lampadaires que l'eau faisait miroiter, et nous nous sommes embrassés. Nous nous sommes embrassés.

« Ce jour-là j'ai reconnu la dimension sacrée du porche : il est aux amoureux ce que l'église est aux fidèles et aux pauvres hères, un abri, un refuge, offrant paix et retraite. Mais de même que les églises ne sont plus ouvertes la nuit, les porches sont inaccessibles, et les amoureux soudain saisis par la passion de s'embrasser ne peuvent plus pousser une porte en riant et s'enfoncer dans l'ombre protectrice, dans ce dedans-dehors, cet entre-deux qui n'est ni la froide extériorité de la ville ni le secret de la chambre. »

Je n'ai pas avoué à mon fiancé que j'avais connu des porches avant lui. Dans mon souvenir ils ont fini par se rassembler en une unique image répétitive – une lourde porte qui s'ouvre miraculeusement au milieu de la nuit, des baisers dont je ne sais plus le détail si ce n'est qu'ils créaient un monde pour nous seuls, unique et qu'aucune autre bouche avec la mienne n'inventerait comme nous le faisions, car aucun baiser jamais n'en répète un autre. De là vient sans doute que nous recommencions si souvent.

TOUT UN MONDE

Une grande différence entre Sophia et moi tient à la place que nous accordons au rêve. Je passe un temps fou à me remémorer des scènes vécues délicieuses, et un temps considérable à en anticiper d'autres que je prévois délectables. Elle non. Elle préfère, dit-elle, étreindre la réalité, rugueuse ou douce. Parfois je me demande si elle ne manque pas, un peu, d'imagination. Ainsi, je comprends mieux qu'elle le narrateur de *La Recherche* lorsqu'il déclare : « savoir qu'embrasser les joues d'Albertine était une chose possible, c'était pour moi un plaisir peut-être plus grand encore que celui de les embrasser. »

« Ah non ! a protesté Sophia, il faut embrasser pour jouir du baiser, il faut la chair, le corps, le contact, pour provoquer l'extase. Je veux bien qu'on se délecte d'un plaisir à venir, mais préférer l'imagination à l'acte… navrant !

– Alors tu détesterais sans doute les derniers mots d'un roman que je viens de lire et qui disent en substance : “L'ayant embrassée, je l'aimais déjà moins.”

– Évidemment ! On dirait que pour certains le baiser n'est guère plus que le pompon du manège : tout le désir est de l'attraper, mais il perd sa valeur sitôt qu'on le tient. Pour ceux-là, le succès ôte son prix à la conquête. J'en connais pour qui une femme amoureuse est moins attirante que celle qui, résistant, leur signifie “Tu n'es pas assez bien pour moi”, affirmation qu'ils essaient alors de faire mentir. Je ne sais s'il s'agit de manque d'estime de soi ou de narcissisme. Je crois qu'il faut assez d'imagination pour reconnaître à la réalité son épaisseur, sa charge d'inconnu, c'est-à-dire pour l'apprécier comme elle doit l'être.

– Joli paradoxe !

– Au rêve j'opposerai, si tu permets, le kairos. Par cette notion, les Grecs désignaient l'occasion saisie, l'opportunité. Ils en décrivent le surgissement par une image très expressive : celle d'un jeune éphèbe dont le crâne est orné d'une touffe de cheveux qu'il faut savoir attraper quand il passe – en se contentant de rêvasser, on le manque. »

Bien sûr, je suis d'accord, le corps-esprit, dans sa réalité charnelle et psychique, est engagé dans le baiser, et le rêve ou le souvenir ne vaudra jamais la soie des lèvres qui se goûtent. Mais Sophia n'aime *que* les baisers, tandis que moi, je goûte les baisers *et* leur promesse ou leur souvenir (si flou soit-il).

Nous partageons cependant un commun émerveillement pour la prodigalité du baiser, capable d'ouvrir tout un monde mental. Ainsi ce fameux passage du *Côté de Guermantes* (qui est resté plusieurs jours sur mon bureau) : « D'autre part Albertine tenait, liées autour d'elle, toutes les impressions d'une série maritime qui m'était particulièrement chère. Il me semblait que j'aurais, sur les deux joues de la jeune fille, embrassé toute la plage de Balbec. » Le narrateur peut imaginer étreindre tout le rivage car, par le baiser, l'embrasseur accède à un univers très vaste qui se déploie au-delà du corps de l'embrassé(e) – tout en étant suscité par ce corps. Magie : le baiser est médiation (mise en relation de deux mondes, ici et au-delà), expérience physique et spirituelle.

J'ai retrouvé pareille magie dans un roman de Jacques Chessex, *L'Ogre*, où le baiser ouvre cette fois sur un monde non pas maritime, même s'il y est question d'eau, mais terrien :

> *Une force fraîche montait en lui, et sur ses lèvres, dans la bouche, la petite langue de la Fille au Chat courait et se multipliait.*

> *Il ne lui rendait pas ses baisers, porté par elle : il s'abandonnait, il se laissait flotter dans une volupté enfantine, protégée, où toute crainte avait cédé. Et toujours ce parfum de fleur, de pierre tiède, de jardin terreux et vert, cette odeur d'enfance, de congé, de vacances de Pâques où sonnent les cloches des églises. Des nuages gais passaient dans ses images : les yeux fermés, il voyait une prairie verdoyante, au fond du paysage une forêt dentelait le ciel, et des petites touffes de vapeur pareilles à des moutons dérivaient au-dessus de l'émeraude et du bleu. La langue rapide de la Fille au Chat passait sur ses dents. Jean Calmet ouvrait la mâchoire, la langue s'insinuait loin dans sa bouche, elle revenait en arrière, suivait tout le contour des lèvres, revenait s'aiguiser à l'arête des dents*[1].

Dans le baiser véritable (délicieux), on n'embrasse pas seulement des lèvres mais tout un monde – senteurs, couleurs et souvenirs compris.

Je qualifie de pseudo-cousins un couple d'amis chers, l'un parce qu'il porte mon nom, l'autre parce qu'il est né au même endroit que moi. Bien que mathématiciens (« Et alors ? » m'a dit Sophia, et elle a ajouté : « J'en connais même qui dansent

1. Jacques Chessex, *L'Ogre*, 1973.

merveilleusement le tango» – bon, parfois je ne suis pas très bien ses enchaînements), mes pseudos sont pleins de ressources (pas seulement dans le domaine des nombres – et du tango), et ils contribuent généreusement à mes recherches en me signalant images, textes et références diverses. L'un d'eux m'a envoyé la reproduction d'un détail de la fresque peinte par Giotto entre 1303 et 1306, dans la chapelle Scrovegni à Padoue : on y voit les parents de la Vierge, Joachim et Anne, à Jérusalem devant la porte Dorée, en train de s'embrasser. En admirant cette merveilleuse peinture, je me suis demandé si le baiser commandé par Philia provoquait le même déploiement d'arrière-mondes que le baiser d'Éros. L'histoire qui sous-tend l'image vient de l'Évangile apocryphe de Jacques. Joachim et Anne, riches et pieux, ne parvenaient pas à avoir d'enfant. Le grand prêtre, interprétant ce fait comme un signe de mécontentement divin, repoussa violemment Joachim quand celui-ci voulut faire une offrande lors d'une fête. Désespéré, Joachim se retira au désert pour jeûner. Un jour qu'Anne priait Dieu avec ferveur, un ange lui apparut qui promit la naissance d'un enfant qu'il faudrait appeler Marie. L'ange tint le même discours à Joachim et invita les époux à se rejoindre à Jérusalem. Ils se retrouvèrent devant la porte Dorée et Joachim *serra Anne dans ses bras.*

L'anecdote sera reprise au milieu du XIIIe siècle par Jacques de Voragine dans la *Légende dorée*, qui allait connaître un constant succès durant des siècles et être une source d'inspiration pour de nombreux peintres.

Ce qui m'amuse dans ce baiser, c'est qu'il semble concilier la raison et le miracle. Récapitulons : mari et femme se rejoignent après avoir été séparés quarante jours et, ne doutant pas un instant de la vérité de la parole de l'ange, ils sont joyeux. Joachim serre donc Anne dans ses bras, ce que Giotto a traduit par un baiser. Anne est-elle déjà enceinte de Marie ? Ou le sera-t-elle, malgré son âge et l'infertilité du couple ? On l'ignore, mais pour suggérer quand même, dans cette affaire d'enfantement miraculeux, une cause profane, le peintre s'est senti obligé de mettre en scène ce chaste embrassement : ce baiser, ainsi qu'à Hollywood, vaut étreinte.

Je me suis souvenue, en admirant ce Giotto, de ce qu'avait dit Sophia du Brancusi. Entre les corps des embrasseurs que le baiser fait fusionner, aucun interstice. J'imagine que, pour un peintre, l'enjeu du baiser (ou le jeu) consiste parfois à inventer ce corps siamois, deux en un, obligation formelle que chaque artiste résout à sa manière. Joachim et Anne étroitement enlacés ne présentent qu'un nez, deux yeux (prolongés de touchantes pattes d'oie : ils ne sont plus très jeunes), des bouches qui forment un unique motif (une sorte de trèfle à quatre feuilles), une barbe sur les deux mentons, deux bras et trois mains (la troisième est celle d'Anne sur la nuque de Joachim), des auréoles alignées en une seule crête d'or et deux robes se touchant tout du long.

Ici encore, le baiser laisse pressentir un arrière-monde – rien de moins que le royaume des cieux !

Arrière-monde, arrière-pays : j'étouffais dans la ville. Voilà trop longtemps que je ne m'étais rendue dans ma maison de retrait et je souhaitais d'autant plus la retrouver que la météo annonçait, exceptionnelles pour la saison, des chutes de neige. Je n'aurais voulu manquer cette réjouissance à aucun prix. Rien n'est plus beau et inattendu que les champs habillés de blanc, cette campagne modeste, et même secrète, qui ne se révèle qu'à l'œil poétique, soudain surlignée pendant quelques heures ou quelques jours de délicats festons fluorescents qui mettent en gloire jusqu'aux plus cacochymes pommiers.

Je pris le train tandis que les premiers flocons commençaient à tomber.

LA BEAUTÉ DU GESTE

Doucement bercée par les légers cahots du train, je repensais au baiser d'Anne et Joachim, à l'étymon d'*embrasser*, le bas latin *bassiare* qui signifie aussi « tenir dans ses bras contre soi » et, tandis que j'admirais cette double signification du verbe qui révèle un des sens profonds du geste du baiser, celui de l'intime communion, un joli poisson a sauté dans la barque de mes associations d'idées, sans doute à la faveur du spectacle que me donnait la neige virevoltant : l'émouvante illustration de l'embrassement contenue dans « Maître et serviteur », cette nouvelle de Tolstoï belle comme une cantate, m'est apparue. Comme mon souvenir en était fort, mais confus (mon infernale mémoire), je me promis de la relire le soir même.

Le toit de ma maison était déjà recouvert d'une fine pellicule blanche. Les bruits étaient amortis, aucun oiseau ni animal, hormis une hermine joyeuse qui traversa la haie en quelques bonds. Ai-je pensé que le ciel embrassait la terre et les choses ? La maison était bien chaude (mes serviables voisins avaient allumé le chauffage), et je me plongeai dans la lecture dès que j'eus déposé mon sac.

Vassili Andréïtch, longues dents et yeux d'épervier, marchand cupide, dur en affaires et fier de lui, décide de braver la tempête de neige qui s'annonce, pour négocier l'achat d'un bois. Le maître et son serviteur Nikita partent donc sur un traîneau, pour un voyage qui doit être bref.

Tout est beau et puissant autour d'eux, comme dans un dessin épuré : les deux hommes et leur cheval traversent un paysage blanc d'où surgissent parfois des hameaux et des jalons, des buissons et des arbres, qui sont d'abord des masses sombres, indistinctes tant que les voyageurs n'en sont pas assez proches. Dans ce monde blanc et noir, tout fait signe, la chemise oubliée sur le fil à sécher qui bat furieusement des bras comme pour les avertir, les bouquets d'absinthes désolés et funèbres, et même le temps étrangement beau qui règne sur le village de Grichkino où ils feraient bien mieux de rester à l'abri… L'inconsciente boucle qui les ramène devant le village qu'ils pensaient avoir laissé derrière eux est, autant que la tempête, encore un fort avertissement ; mais, tout à son avidité, Vassili Andréïtch n'en tient pas compte. Il espère, arrivant le premier, acheter le bois au tiers de sa valeur réelle.

La tourmente et la nuit les égarent et ils finissent par s'arrêter. Vassili Andréïtch, abandonnant Nikita, part seul avec le cheval, mais il tourne en rond et revient au point de départ, c'est-à-dire nulle part, et les voilà, maître et serviteur, au terme de cet absurde voyage, perdus dans la forêt, bien prêts d'y trouver la mort. Si le serviteur s'y dispose avec calme, Vassili Andréïtch est saisi d'une grande peur et, après avoir tenté de la conjurer en pensant à son argent, à son talent et à sa supériorité, il se dit que pour la circonvenir, il n'y a qu'un moyen : il doit *faire* quelque chose. Mais quoi ? Il s'occupera d'abord du cheval. Premier geste envers un autre. Soudain Nikita lui annonce qu'il meurt. S'ensuivent trente secondes d'immobilité… puis, comme si la grâce l'avait touché, dans un geste, si beau geste, le deuxième qu'il fait pour un autre et qui est déchirant par sa soudaineté et sa fermeté, ouvrant ses bras et sa pelisse, Vassili Andréïtch s'allonge sur son serviteur pour le réchauffer. C'est-à-dire qu'il l'*embrasse*.

Et, parlant à (ou pour) Nikita, il prononce le mot qui répond à cet embrassement : *nous*, sur lequel sa voix se brise – il pleure. Jamais il ne s'était associé mentalement à son serviteur, au point que quelques heures plus tôt, en sa compagnie, il s'estimait seul. À présent il est sauvé. Il mourra, bien sûr, mais dans une grande joie, car par ce geste qui a produit sa conversion et qui en est l'effet, il a « rattrapé » sa vie mauvaise en ayant pris conscience de l'autre et en le regardant comme un « frère », l'autre qu'il lui importe de sauver, car au regard de la tempête, de la vie et de la mort, l'autre ne vaut ni plus ni moins que lui-même : « "Nikita est vivant, donc je suis vivant aussi", se dit-il triomphalement », et il expire.

Embrasser : faire de *je* et *il*, un *je* et *tu*, puis un *nous*, par la beauté d'un geste.

La nuit était tombée. J'ai eu une pensée pour les renards (glacés et affamés, ils allaient encore dérober des poules et se faire détester). Dans le silence des champs, la maison craquait gentiment. J'ai allumé l'ordinateur et écrit à Sophia pour lui rapporter ma bonne pêche. Mais la conception miraculeuse de Marie et la conversion de Vassili Andréïtch guignaient sans doute vers de trop saints et lumineux parages car, dès le lendemain mon amie, qui goûte les forts contrastes, a jugé bon de m'envoyer les pages qui suivent, traitant, elles, de l'outre-monde, et qu'elle terminait par « Je t'embrasse (miam!) ».

CETTE BOUCHE ROUGE

Il ne t'embrassera que si tu consens à franchir son seuil. « Entrez de votre plein gré ! », dit-il, puis il attend, comme pétrifié. Tu acceptes. Alors il se précipite vers toi : « Soyez le bienvenu chez moi ! Entrez de votre plein gré, entrez sans crainte et laissez ici un peu du bonheur que vous apportez ! »

Du bonheur tu en laisseras. Et des plumes, mon bel oiseau, quand il t'embrassera, plus tard. Pour l'instant tu l'observes. Il est si changeant, double, parfois bestial et parfois terriblement élégant ; il est prince ou, du moins, comte d'antique lignée, mais c'est aussi une bête.

Quand il t'a ouvert la porte de son gothique château, tu as remarqué les sourcils embroussaillés qui se rejoignaient au-dessus du nez, les moustaches abondantes et les oreilles pâles terminées en pointe. Mais surtout, tu as frémi devant la bouche, avec ses dents étonnamment acérées, éclatantes de blancheur et qui avançaient au-dessus des lèvres, ces lèvres si rouges, et cette expression – cruelle ? Tu découvriras bientôt qu'il peut se transformer en loup ou en rat, en brouillard aussi et que sa puissance physique est prodigieuse.

Cependant il est comte : vois ses manières courtoises, son château décrépit mais solide à défier le temps, ses étoffes somptueuses, l'or admirablement ciselé de sa vaisselle, ses miroirs et ses fauteuils.

Garde à l'esprit cette histoire fondatrice et peut-être universelle, *La Belle et la Bête*, où la bête se révèle prince, si on l'aime – si on aime ça. Dans le roman de Bram Stoker[1], *Dracula*, le vampire est tout à la fois prince (le comte) et bête (le suceur de sang). C'est pourquoi, tout étonné(e) par les ambivalences de ton désir (attirant-repoussant, merveilleux-horrifique), tu consens à son mortel baiser.

« Oui, je brûlais de sentir sur les miennes les baisers de ces lèvres rouges. »

« J'éprouvais à la fois désir et épouvante. »

« De tout son corps émanait une volupté qui me semblait en même temps excitante et répugnante. »

---

1. Bram Stoker, *Dracula*, 1897.

De toute façon, il est le maître. Non par quelque subterfuge sournois : ne sois pas hypocrite, tu as consenti, c'est toi qui es entré(e) chez lui, ou toi qui lui as ouvert ta porte, ou toi qui l'as rejoint sur ce banc : « Mais je désirais être ici, à cet endroit, sans savoir pourquoi. » Où ça t'a mené(e)... Tu n'y comprends rien mais, quand il t'appelle, saisi(e) d'un incoercible désir tu te précipites : « Je sais que, lorsque le comte me réclame, je dois obéir. Je sais que s'il m'ordonne de venir secrètement, je le rejoindrai par artifice, par tout expédient capable de donner le change... »

Il prend ton sang ? Diable ! Considère que vous êtes dans la métaphore. Lorsque Arthur, l'amoureux de Lucy vampirisée et exsangue, est appelé en renfort, ne sachant encore ce qu'on attend de lui, il déclare avec force : « Ma vie lui appartient, et je donnerais pour la sauver jusqu'à la dernière goutte de mon sang » (ça tombe bien : c'est une transfusion qu'on lui demande). Il ajoute qu'il serait heureux de mourir pour elle. Oui, tu as bien entendu : le vocabulaire de la passion est celui de l'emprise vampirique. Et n'est-il pas vrai que, lorsque tu étais follement amoureux(se), parfois tu as craint d'aimer l'autre plus que toi-même, car tu lui accordais tout ton temps et chacune de tes pensées, et tu étais prêt(e), souvent, à lui donner ta plus belle chemise et ta dernière goutte de sang. Tu l'aimais sans mesure, sans retenue, prêt(e) à te perdre en lui (elle), tu l'avais, disais-tu, dans la peau, sous la peau. Il (elle) était ton vampire.

Le roman de Bram Stoker se déroule dans des non-lieux, sans âge et insituables : château perdu dans les Carpates à la croisée de trois régions, vers l'Orient (qui depuis la Renaissance est imaginairement le territoire de l'Autre), impossible à localiser sur une carte; puis, arrivé à Londres, Dracula achète une vaste demeure médiévale délabrée et entourée de murs épais qui jouxte, curieux hasard, l'établissement pour aliénés où se réuniront ses adversaires. Ce sont, plutôt que des lieux concrets, des espaces mentaux figurant l'opposition, dans la psyché, du pulsionnel et du rationnel.

« Moi qui ai commandé à des peuples entiers et combattu à leur tête pendant des siècles et des siècles... » : *Dracula* met en scène, crûment, la force et la violence éternelles de la pulsion sexuelle et de la passion, figurées par ce baiser puissant appliqué sur le cou, à la jonction du corps et de la tête, à l'endroit qui symbolise le corps-esprit.

Souviens-toi de ce tableau de Munch, ces tableaux plutôt, il y en a quatre je crois, où l'on voit une femme au-dessus d'un homme penché dont la tête et les épaules s'encastrent dans son bras très blanc, formant un carré parfait. L'homme est protégé dans cet écrin, couvert par les longs cheveux roux répandus sur lui, tandis que tout est sombre et hostile autour d'eux. Quand il l'a peint en 1893, Munch l'avait d'abord intitulé *Amour et douleur*. Il entamait une « Frise de la vie », sorte de « vaste poème » dont ferait partie le fameux *Cri* et qui rompait avec les intérieurs paisibles de la peinture du Nord. La bouche (invisible) de la femme est posée sur le cou de l'homme, si bien qu'on peut avoir un doute : l'accueille-t-elle avec tendresse ou plutôt, goulue, concentrée, ne le mord-elle pas ? Dracula nous a appris à ne plus nous étonner de ce glissement, de l'amour à la dévoration, et les tableaux de Munch ne sont plus exposés que sous le titre de *Vampire*.

Sans répit depuis plus d'un siècle, Dracula ne cesse de porter haut le flambeau du baiser d'Éros, d'où son universel succès et son statut de mythe littéraire, c'est-à-dire sa propension à être constamment récrit. Chacun peut reconnaître quelque chose de familier, ou de possible, dans ce monstre qui ne tue pas ses victimes mais insuffle en elles sa propre addiction à la passion, de sorte que, devenues elles-mêmes vampires, elles éprouvent les joies brûlantes de la chasse et de l'extase. Inconvénient de la dépendance, le vampire ne connaît pas de répit : s'il cessait de conquérir, il perdrait sa vitalité et sa jeunesse flamboyante – ses belles lèvres rouges.

AU CINÉMA

Brave amie ! Je n'avais pas fini de lire son mot qu'elle m'en envoyait un second – « Pardon pour l'emballement, tu sais comment je suis. » Oh, je sais comment elle est, toujours fervente, et cinéphile passionnée. Elle prolongeait sa réflexion avec quelques idées qui m'ont paru lumineuses sous sa plume (les idées des autres m'ont toujours attirée plus que les miennes : celles-ci, trop familières, m'étonnent rarement, tandis que celles des autres me surprennent souvent jusqu'à m'éblouir. Et puis, frotter sa pensée à une pensée-sœur, voilà qui me réjouit comme un chant à deux voix accordées.)

Elle m'écrivait donc : « Le baiser de Dracula est sans cesse repris parce qu'il nous atteint au plus profond. Mais il ne t'a pas échappé que ce mythe se déployait surtout au cinéma. L'idée du jour : d'une certaine façon, les films de vampires se proposent comme le développement fantastique et "grotesque" de ce moment cinématographique clé, la scène du baiser – ce baiser qui tient souvent lieu d'une étreinte. Du reste, tu noteras que la naissance du cinéma (1895) est exactement contemporaine de celle de *Dracula* (1897 – des frères de sang) et que par ailleurs les tout premiers films montrent des baisers. En somme : les trois arrivent ensemble.

« Si ça t'amuse (ça t'amusera), tu peux trouver sur internet les quelques secondes du fameux baiser, *The Kiss*, filmé par la compagnie Edison en 1896. Il s'agit d'une des dernières scènes d'une pièce qu'on donnait alors à Broadway, *The Widow Jones*, et il montre en (assez) gros plan deux comédiens, John C. Rice et May Irwin, en train de s'embrasser. Il a fait scandale, tu ne le croiras peut-être pas, à cause de son obscénité : *absolutely disgusting*, proteste un critique de l'époque qui semble avoir été choqué par les proportions "*gargantuesques*" de l'image – tu vois, je n'avais jamais pris conscience que le cinéma avait été la première occasion de voir une représentation fidèle mais agrandie de la réalité, et que ces proportions démesurées devaient être troublantes. Dans le film – le *blockbuster* de l'année 1896 –, le charmant monsieur roule sa moustache du bout des doigts avant d'appliquer fugitivement, sur les lèvres de la dondon avec laquelle il n'a cessé de jaser, un bécot adorable. J'ai vu un autre film réalisé par cette compagnie Edison en 1900, quarante secondes pendant lesquelles on voit la même scène (palabres rieurs, bécot mignon), mais avec des comédiens plus séduisants : figure-toi qu'on avait aussi reproché au premier baiser filmé d'avoir montré des visages peu attractifs – comme Voltaire s'insurgeant contre les baisers entre valets et soubrettes au théâtre, "surtout dans des acteurs assez vilains, qui faisaient mal au cœur". Il semble que la beauté intrinsèque du baiser exige celle des embrasseurs pour que sa représentation satisfasse. »

En finissant ma lecture, je me suis souvenue d'un film qui commence par un baiser d'adolescents boutonneux, *Les Beaux Gosses*, où, pour produire le même sentiment de transgression – voire de légère répulsion – que *The Kiss* en son temps, il a fallu non seulement les boutons, les bouches et les langues en gros plan, mais aussi les bruits de succion. Je l'ai souvent remarqué : en nos temps de grande accoutumance aux images, c'est des bruits que nous vient l'effroi.

Ah, quand on regarde de trop près le baiser de cinéma, si je puis dire.

Pendant la semaine qui a suivi, nos échanges de souvenirs et d'informations cinématographiques furent très intenses (pour les infos : c'est elle surtout). Si le baiser au cinéma n'est pas toujours mémorable – il intervient comme un accord dans une partition, remarquable non en lui-même, mais par sa position dans la phrase musicale –, il est si fréquent que je me demande s'il existe beaucoup de films – avec femme(s) – où il n'intervient pas.

Sophia était d'accord avec l'idée que la place conclusive du baiser dans une intrigue en fait tout le prix. « C'est pourquoi, m'a-t-elle écrit, j'ai moins aimé la dernière partie du film de Giuseppe Tornatore, *Cinema Paradiso*, dans laquelle s'enchaînent des baisers cinématographiques : l'accumulation nostalgique ne vaut pas une ponctuation significative dans l'intrigue[1]. »

Elle m'a aussi parlé du code Hayes, ensemble de prescriptions appliquées au cinéma américain entre 1934 et 1966, qui recommandaient, au nom de la morale, des baisers chastes et point trop appuyés, ce qui a peut-être favorisé le baiser

1. Attrapée dans le journal, tandis que je corrigeais les épreuves, cette critique de film : « Le réalisateur François Durand, bien connu pour ses œuvres expérimentales, nous étonne à nouveau. Son dernier film commence par le plan d'un très long baiser qui, hélas, si mal placé, nous a laissés de marbre. » Hé oui !

cinématographique dans la mesure où il était la seule manifestation d'érotisme admise. « Une sorte d'équivalent, m'a-t-elle écrit, au *Ils se marièrent et eurent beaucoup d'enfants* des contes. »

Autour de ma maison, la neige n'avait pas tenu, bien sûr, et quelques pauvres oiseaux venaient se restaurer dans les mangeoires à graines. De toute façon j'avais prévu de rentrer (je me retire rarement plus de quelques jours – mais souvent). Le soir de mon retour, Sophia est passée boire un thé. Elle tenait à me montrer la fin d'un film de Buster Keaton, un muet de 1924, *Sherlock Junior* : « Tout à fait contemporain des premiers vampires filmés. La scène finale est une synthèse de la fonction du baiser dans le cinéma jusqu'aux années 1960 : elle souligne humoristiquement le non-dit, ou plutôt le non-montré auquel le baiser par métonymie renvoie. »

En effet, Buster Keaton, projectionniste affreusement timide et ne sachant comment se comporter avec son amoureuse, prend modèle sur le personnage du film qu'il projette. L'imitant, il serre d'abord son amoureuse contre lui ; coup d'œil rapide vers l'écran, il lui embrasse ensuite les mains, comme le fait monsieur à mademoiselle ; enfin il lui donne un baiser sur les lèvres (le sien plus furtif que dans le film projeté). Mais voilà soudain, immédiatement après le baiser, un plan qui le stupéfie : monsieur et ex-mademoiselle ont deux nourrissons dans les bras. Comment ça s'est-il donc fait ? Merveille de l'ellipse, figure rhétorique par excellence du cinéma. Bien sûr, nous avons pensé toutes les deux au baiser des parents de Sophia, sa « scène primitive ».

Je lui ai reparlé du moment où, pour la réveiller, Amour pique Psyché d'une de ses flèches, souvent représenté dans la peinture par un baiser. Décidément, ai-je dit, le baiser, si charnel, si tendre, dont chacun a l'expérience – malheur à celui qui n'aurait jamais été embrassé, mais en existe-t-il un seul, si disgracié[1] ? –, le baiser qu'on ne soupçonnera jamais d'être une coquille vide ou un signifiant flottant, possède pourtant ce don plastique de figurer autre chose.

---

1. Et, à propos de qui n'aurait jamais été embrassé, dans le même journal, cette dépêche : « Aujourd'hui, un très jeune homme s'est présenté au commissariat du 15e arrondissement en demandant à être incarcéré. "Si vous ne m'enfermez pas, je ne réponds plus de moi", a-t-il dit. Les policiers ont eu beaucoup de peine à obtenir des explications. Il a fini par admettre avoir envie de "tuer tout le monde – ou lui-même". Une équipe de psychologues appelés à la rescousse a réussi à lui arracher le récit, bref mais accablant, d'une vie désastreuse : le jeune homme prétend être sûr que jamais, jamais il n'a été embrassé. On a eu beau lui opposer la mémoire rarement fiable des premières années, rien n'a pu l'ébranler dans sa conviction d'être un monstre : celui qui n'a jamais été digne d'un baiser. Les journalistes sont arrivés peu après, dans un commissariat en état de choc, où plusieurs policiers pleuraient en silence. »

LE SEXE DES EMBRASSEURS

En philosophe qui raisonne sur les causes, Francesco Patrizi explique la supériorité du baiser sur la bouche par le fait qu'il est le seul, quand tous les autres baisers se *donnent*, qui « se donne et se reçoit » – réciprocité qui lui confère son charme délicieux et son humanité profonde. Mais s'il est réciproque, ai-je poursuivi dans ma barbe, est-ce à dire qu'hommes et femmes seraient égaux dans le baiser ? Qu'on aurait enfin là une affaire du corps-esprit où la question du genre n'interviendrait pas ? Aussitôt j'ai pensé à l'image célèbre du photojournaliste Alfred Eisenstaedt, qui symbolise, depuis ce 14 août 1945, la fin de la guerre : *V-J Day in Times Square.* On y voit un marin (bob blanc crânement posé sur la tête), penché sur une nourrice (de blanc vêtue et ployant sous l'étreinte serrée) qu'il embrasse à pleine bouche. Baiser de joie.

L'Amérique a adhéré au symbole au point qu'elle a décidé d'ériger sur les lieux même, soixante-cinq ans plus tard, une statue des deux personnages, *Baiser de Times Square* (huit mètres de haut : bigre ! il semble qu'un siècle après *The Kiss*, les Américains supportent mieux les baisers hors de proportions). La fin de la guerre se raconte, se fête, se commémore par un baiser. Car quand on est heureux, qu'on ressent une vive bouffée d'allégresse, on a souvent envie d'embrasser. Cela se passe généralement ainsi : d'abord le visage s'éclaire et les bras s'écartent, puis ils ramènent les mains sur les joues tandis que se haussent les épaules, enfin les bras s'écartent à nouveau vers le ciel puis se posent sur les épaules de qui fait face (ou l'enlacent) – suit un baiser, ou une bise appuyée. Comme c'est étrange quand on y pense : le sentiment de la joie trouve son expression la plus spontanée dans l'embrassement. L'homme, qu'on prétend si préoccupé de ses seuls intérêts et à jamais renfermé en lui-même, ne sait pas se réjouir d'un événement favorable, d'un beau paysage ou d'un tableau, sans dire « Regarde ! » ou « Sens avec moi ! », n'ayant plaisir plus complet que dans le partage de l'émotion ou de l'admiration[1].

1. Voir les belles pages d'Henri Raynal sur notre désir et notre besoin de partager l'émerveillement, notamment dans *L'Orgueil anonyme*, 1965.

J'ai repensé à cette photo d'Eisenstaedt parce que les postures y sont caricaturales : la femme ploie exagérément sous l'étreinte pesante du marin qui, à l'évidence, a pris l'initiative du baiser. Bien sûr il est marin et à ce titre concerné au premier chef par la fin de la guerre, donc plus joyeux qu'elle. Mais le baiser *administré* à la femme est monnaie courante dans les représentations. Le cinéma hollywoodien montre souvent les embrasseurs penchés sur les femmes, certes consentantes, mais les corps expriment des rapports inégalitaires. Il suffit de penser à un autre baiser célèbre, celui de Rodin, pour avoir confirmation de cette symbolique des postures : l'homme s'y tient assis le dos bien droit tandis que la femme est renversée sur ses genoux, retenue par le bras qu'elle a passé autour de son cou.

Mon fiancé, sculpteur dès qu'il tombe sur un morceau de marbre, m'a signalé que Rodin avait intitulé la première version de l'œuvre, qui devait être l'un des motifs destinés à orner sa Porte de l'Enfer, *Francesca da Rimini*. Retour de notre chère Francesca ! « Ce sont les critiques, estimant que son œuvre illustrait un sujet plus universel, qui l'ont invité à l'appeler *Le Baiser*. Et la sculpture a tellement plu, a continué mon fiancé, que Rodin en a donné trois versions et qu'il a passé contrat avec un fondeur pour en tirer des réductions en bronze. Puissance du baiser… Si tu viens avec moi au jardin des Tuileries, ma petite renarde, tu n'y dénicheras sans doute aucun lapin, mais nous admirerons ensemble la version du *Baiser* en bronze. »

Chemin faisant, nous avons continué notre conversation :

« J'ai l'impression qu'il existe deux sortes de représentation du baiser sur la bouche, a suggéré mon judicieux fiancé, celle où les embrasseurs sont debout, tiens ! comme ces jeunes gens-ci (devant nous s'embrassait un couple, la jeune fille, juchée sur un banc, devait se pencher très bas pour atteindre les lèvres de son amoureux – Curieuse utilisation du banc public, ai-je murmuré). Enfin, a repris mon fiancé, pas tout à fait comme eux. Le baiser est en général figuré soit par un couple face à face, comme chez Giotto ou Brancusi, soit par une femme renversée ; il met alors en scène l'abandon féminin. »

Quel art consommé du constat chez mon fiancé. Il énonce des idées si limpides qu'on ne peut rien y répondre si ce n'est, paisiblement, *Ah ?*, parce qu'elles sont à la fois justes et sans réplique. Je l'adore.

Devant le bronze des Tuileries, je me suis émerveillée qu'on puisse traduire si librement l'anecdote de départ : chez Dante, Francesca et Paolo lisent, assis sur un banc, quand ils sont surpris par le désir. Mais l'érotisme qui sourd du couple nu et enlacé de Rodin semble raconter bien autre chose, « Ou un tout autre moment, a nuancé mon fiancé, et je n'y vois rien non plus qui s'apparenterait au passage de *Lancelot* où Guenièvre prend l'initiative du baiser. »

Quoi qu'il en soit : la posture asymétrique des corps dans les représentations plastiques du baiser figure bel et bien le rapport des sexes dans la société. Pendant longtemps, les femmes étaient censées *consentir* à l'amour et s'y *abandonner*, ce qui explique que dans les œuvres on les voie rarement prendre l'initiative de l'entreprise de séduction ou de l'étreinte. Je me suis souvenue d'une œuvre de Camille Claudel intitulée *L'Abandon*, qui, sans doute parce qu'elle est réalisée par une femme, propose un contre-exemple. La sculpture montre un quasi baiser – tempe de la femme posée sur le visage de l'homme – dans lequel les positions sont inattendues : l'homme est agenouillé, visage levé et enlaçant la taille de la femme qui, debout, se penche sur lui.

« Peut-être qu'une femme artiste déjoue plus aisément les figurations inégalitaires, ai-je suggéré.

– Hum, hum ! intéressant », a grogné mon fiancé.

Mais tout change – le jeune couple de tout à l'heure sur le banc public en offrait un charmant témoignage. Et la pratique actuelle donne plus que jamais raison à Patrizi : le baiser, en ceci profondément (et quand je dis profondément) égalitaire, « se donne et se reçoit » et se fiche bien du sexe des embrasseurs ! J'ai sorti mes notes de première urgence et lu à mon fiancé un texte du poète et performeur Christophe Tarkos, qui exprime à la fois la nature délicieusement lancinante du geste du baiser et sa parfaite égalité : « Un baiser. Ils s'embrassent. Il prend sa bouche dans sa bouche, elle prend sa bouche dans sa bouche, ils s'embrassent. Il ouvre ses lèvres à sa bouche, à sa langue, elle ouvre ses lèvres à ses lèvres, à sa bouche, à sa langue, elle tourne sa langue dans sa bouche, il tourne sa langue dans sa bouche[1]... »

Ici mon fiancé m'a interrompue et fait remarquer que je n'avais encore jamais évoqué le baiser sur la main, qui était peut-être le seul à vraiment tenir compte du sexe : « Si l'on laisse de côté l'ancien baisemain du vassal ou du fidèle, depuis les Temps modernes ce sont toujours les hommes qui embrassent la main des femmes. On peut le faire très sensuellement.

1. Christophe Tarkos, *Pan*, 2000.

– Moui… Il ne me passionne guère. Peut-être justement à cause de cette agaçante répartition sexuée des rôles. Pas étonnant qu'il ait connu son apogée au XIXe siècle, époque très inégalitaire. Tiens, cela me rappelle la scène finale de *Lola Montès*.

– Le film d'Ophuls ? Pas vu.

– Sophia me l'a montré, il y a quelques jours. Il raconte la gloire et la chute de Lola, femme fatale qui finit ses jours dans un cirque où l'on donne sa vie en représentation. À la fin du spectacle, pour un dollar, on vend aux clients qui se pressent devant sa cage le droit de l'embrasser sur la main.

– Le droit de baiser l'icône.

– Oui. Cette fois encore, c'est un baiser qui vaut pour une étreinte, un baiser masculin pour saisir un peu de la beauté, de la féminité, du charme de Lola. »

Entretemps, nous étions arrivés au musée Rodin, car mon fiancé voulait que nous revoyions ensemble la version du *Baiser* en marbre blanc, « Encore plus belle ». Nous nous sommes mis à tourner autour de la sculpture comme planètes autour de leur soleil, accompagnés dans notre danse lente par deux Japonais et une dame rêveuse.

« A-t-on jamais vu marbre si mol ? a murmuré mon compagnon. Vois comme est troublant le contraste entre la consistance du matériau et la suavité des postures, l'alanguissement des corps. Quelqu'un a-t-il dit que Rodin faisait "chanter le marbre" ? Il faudrait inventer une expression qui restitue ce paradoxe : une situation qui évoque chairs tendres, sucs et mouvements dansants, sculptée dans l'un des minéraux les plus durs. »

C'est alors que malgré les nombreuses précautions prises en m'habillant (mais nous avions tant marché), ma grande queue rousse à la fourrure soyeuse a jailli de sous ma jupe. « Oh ! s'est exclamée la dame rêveuse, une queue de renarde. Comme elle est touffue ! Félicitations. » Il faut dire que je la brosse souvent et la parfume parfois. La Japonaise a immédiatement regardé mes oreilles et je crois qu'elle a murmuré « pointues », mais n'en suis pas certaine. Elle a pris mille photos de moi avec son téléphone portable puis tout est rentré dans l'ordre. Les gens sont de moins en moins fermés sur le chapitre de la perméabilité entre espèces, tout s'améliore à cet égard et bientôt je ne serai plus obligée de cacher que je suis une renarde changée en femme.

BÊTISES

J'ai protesté en riant : « Tu exagères, Sophia ! Le baiser ne me paraît pas un terrain très favorable à l'expression de la bêtise ! » Elle m'a alors gratifiée de quelques moues drolatiques en m'assurant que tout, hélas, tout était susceptible de tomber dans l'escarcelle de l'insatiable bêtise.

« Ce n'est pas le baiser en lui-même qui est bête, m'a-t-elle dit, comment le pourrait-il ?

– Je trouve pourtant que les bises de salutation, joue contre joue, le sont souvent. En nos temps de pandémie où l'on peut lire dans les trains "Arrêter les embrassades", combien de fois ai-je entendu exprimer un soulagement : enfin ! on peut refuser ces bises qui n'avaient aucun sens et ne donnaient aucun plaisir.

– Soit. Mais je voulais dire que ce n'est pas la chose qui est bête la plupart du temps, mais la mécanique mentale qui l'accompagne : en l'occurrence, ce qu'on dit ou pense du baiser. Comme je suis un peu en alerte, je n'ai pas raté cette déclaration d'un biologiste, dont je te fais cadeau (elle a sorti de sa poche un petit papier) : "Le baiser amoureux, incluant l'échange de salive, permet aux amoureux d'explorer le système immunitaire de l'autre afin de pouvoir refuser les personnes qui ont une trop grande parenté génétique. En effet, d'un point de vue évolutif, le partenaire sexuel doit disposer d'un système immunitaire différent pour être attrayant et apporter la diversité génétique qui favorisera la santé de la progéniture. L'identification des odeurs salivaires, modifiées par le système immunitaire, permet de déclencher le désir, le consentement amoureux, et enfin l'acte sexuel proprement dit." Entends-tu comme moi la somme incroyable de sottises contenues dans ces propos ?

– Hum ! très *Bouvard et Pécuchet* version contemporaine, c'est-à-dire obnubilée par un pseudo-déterminisme biologique.

– Un travers actuel consiste à trouver à tous nos comportements des causes qui relèvent du corps ou des gènes, notamment quand il s'agit du plaisir et du désir. Comme s'il était impossible que nous agissions *seulement* par désir et pour contenter notre envie très humaine, supérieurement humaine dans le cas de l'érotisme, de plaisir. Les idiots pensent qu'on ne s'embrasse pas parce qu'on s'aime ou parce que le baiser est un acte délicieux, mais parce qu'il y a une *vraie bonne raison* à cela : par exemple l'évaluation du système immunitaire. »

Nous avons ri (comme des sottes). Elle a continué :

« *Déclencher le désir sexuel* : tu comprends bien que le désir sexuel dépend d'un déclencheur biologique, parce qu'il ne peut pas, comme d'autres fonctions humaines supérieures, se nicher dans le néocortex, non, non, non ! Il résulte de l'action des hormones ou de quelque impulsion du cerveau reptilien. Forcément reptilien. Et de même, note-le bien, il n'adviendrait que pour assurer la fonction biologique reine : la reproduction. Misère : le tropisme biologiste nous rend furieusement sots ! Et quelle pauvre conception du désir, quelle dénégation ! D'autant que les recherches scientifiques récentes, celles qui datent des années 2000, suggèrent qu'il conviendrait de remplacer le vieux paradigme de *l'instinct reproductif* par celui du *comportement érotique*. Va voir sur internet, à cette rubrique, des chercheurs y décrivent des découvertes passionnantes qui montrent comment, chez les humains, les grands primates et les dauphins, la sexualité ne relève pas seulement d'un instinct de reproduction, comme chez les espèces moins évoluées, mais est devenue un comportement érotique – recherche de désir et de plaisir, face à laquelle la reproduction n'est qu'une conséquence *indirecte*. Passionnant, non ? »

Le moment m'a paru opportun pour la sonder délicatement.

« Toujours dans les tracas amoureux ?

– Toujours.

– Dans les baisers ?

– À foison.

– Le désespoir ?

– Non, l'intensité, l'intensité, la vie haute. »

Je lui ai avoué que je l'enviais un peu, en effet, mais j'étais si heureuse de l'amour avec mon fiancé.

« Tu me fais rire à la fin avec ton *fiancé* ! m'a-t-elle lancé. Pourquoi ce vocable désuet ? Vous êtes fiancés devant la famille, avec bague et tout le tralala ?

– Non, bien sûr, mais comme cette période des amours n'existe quasiment plus dans notre société, le mot est en train de disparaître de notre vocabulaire, faute d'usage. Alors je le revitalise. Tu ne l'aimes pas ?

– Je n'ai guère d'avis. Mais l'emploi que tu en fais révèle la précarité des liens amoureux contemporains, a dit Sophia.

– Il correspond à une ancienne étape où seuls les baisers étaient autorisés, avant la consommation nuptiale.

– Oui, j'ai cru remarquer que tu t'intéressais aux baisers. »

Elle a repris son répertoire des bêtises, réfutant, pour le baiser comme pour d'autres gestes, la notion de préliminaire. « Idée vraiment sinistre. Je doute qu'on puisse embrasser en guise de "mise en bouche", comme on dit au restaurant. Pour qu'ils s'épanouissent et nous comblent, il faut admettre l'entière autonomie du baiser et des caresses.

– Je vois déjà les banderoles, *Pour une autonomie du baiser… Pleins pouvoirs à la caresse…*

– Allez, grande bête ! Veux-tu un dernier échantillon de bêtise, moins grave, mais plus franchement sot ? (Elle a sorti une autre paperolle. Ô poche inépuisable !) "Le frottement réciproque de l'extrémité du nez est pratiqué en particulier par les Inuits et entre les membres d'une même famille aux Émirats arabes unis. L'habitude en viendrait du risque d'avoir le nez gelé par les températures extrêmes, l'échange des frottements permettant de vérifier que la sensation tactile est toujours présente." Cette fureur de chercher les *vraies raisons*, hein ?

– Tu crois qu'il gèle souvent aux Émirats arabes unis ? »

SIX REGRETS

Regret 1. Je souhaiterais souvent me dérober à l'usage très établi d'embrasser, ou plutôt de lancer en l'air quelques pincements de lèvres sonores, joue effleurant la joue, en manière de salut. Je préfère le baiser unique, bouche appliquée sur la peau, qui dit l'affection véritable, le remerciement, la petite joie des retrouvailles ou l'encouragement.

Je déplore ces trois, voire quatre bises pratiquées dans certaines régions et qui pourraient aussi bien être remplacées par des pas de danse ou des mouvements de bras : ces pseudo-baisers, que ne justifie même pas le nombre de nos joues, sont tellement formels qu'ils en perdent toute saveur.

Dans ma campagne, où la bise se donne par quatre, je fréquente assidûment de délicieux voisins (ceux qui allument mon chauffage). Quand je les ai connus, leurs six enfants vivaient encore avec eux. Huit personnes, seize joues, trente-deux bises à distribuer en arrivant et trente-deux en repartant – quand il n'y avait pas d'autre invité à saluer. Affolée par l'obligation de jeter au vent tant de vains pincements de lèvres, mais désirant les embrasser quand même par vive affection, je pris le parti de n'embrasser que les trois personnes de sexe féminin – *Mais chez moi c'est deux bises seulement*, ai-je prévenu – et de serrer la main des autres. Pendant des années ils ont dû me trouver étrangement prude. Puis, les enfants ayant quitté le nid, je leur ai expliqué la raison de ma singulière habitude et j'ai pu embrasser sans restriction le nombre plus raisonnable de ceux qui étaient présents au hasard de mes visites.

De ces baisers dans le vide je me suis toujours consolée en songeant que pire m'était épargné : dans un chapitre des *Essais*, Montaigne, au fil d'une rêverie libre à propos de l'amour, du mariage, du désir et de la jalousie, regrette l'habitude, en cours dans l'aristocratie, d'embrasser sur la bouche pour saluer :

> *Voyez combien la forme des salutations, qui est particulière à notre nation, abâtardit par sa facilité la grâce des baisers, lesquels Socrate dit être si puissants et dangereux à voler nos cœurs. C'est une déplaisante coutume, et*

injurieuse [préjudiciable] aux dames, d'avoir à prêter leurs lèvres à quiconque a trois valets à sa suite, pour mal plaisant qu'il soit [...] Et nous-mêmes n'y gagnons guère : car comme le monde se voit [ré]parti, pour trois belles, il nous en faut baiser cinquante laides ; et à un estomac [cœur] tendre, comme sont ceux de mon âge, un mauvais baiser en surpaie un bon[1].

Regret 2. On ne m'a jamais assez embrassée sur la nuque. On ne m'a presque jamais embrassée sur la nuque. Les très rares fois où on l'a fait, j'en ai ressenti un plaisir indescriptible. Tout le corps se rendait au baiser dans un abandon exquis.

Quand vient le temps d'un regret, il est bon de se demander si l'on n'aurait pas pu le prévenir. Je réfléchis. Ne devais-je pas réclamer des baisers sur la nuque ? Mais voilà : on ne réclame pas un baiser. Il naît d'un élan, spontané. Quand on dit « Embrasse-moi », on demande à l'autre de se laisser emporter par le mouvement qu'on le sait ressentir, on ne spécifie pas, on ne dit pas « Embrasse-moi ici ou là ». Si le baiser sur ma nuque a si peu fait envie à mes embrasseurs, tant pis pour moi. Tant pis de le désirer tant.

1. Montaigne, *Essais*, « Sur des vers de Virgile », 1588.

Parfois je me dis que dans l'amour nous sommes aussi conformistes que dans les autres dimensions de notre existence, aussi peu inventifs, aussi peu curieux. Moi comme les autres. Qui sait combien de gestes délicieux j'aurai laissé échapper.

(*Fantaisie* : Eussé-je rencontré la Bête et m'eût-elle donné un baiser sur la nuque, je me serais livrée à elle sans retenue. Ainsi l'aurais-je sans doute faite Prince.

Poisson volant : J'aime passionnément la peinture de Watteau, la tendresse nostalgique de ses fêtes en demi-teinte – un goût de *ça a eu lieu*, comme devant une photo fanée –, j'aime l'anonymat de ses figures charmantes et si lointaines, mignonnes, l'éclat de la soie sur le vert sourd des gazons et des buissons, le drapé des longues robes qui tombent jusqu'aux pieds, dégageant, sous les chignons bouclés, la nuque. Toutes ces femmes représentées de dos font de lui le Peintre des Nuques et je me demande si cette spécialisation n'explique pas en partie mon goût pour ses tableaux. Aimait-il ce baiser ? Il a senti, en tout cas, la puissance enivrante de cet endroit secret qu'on ne peut voir soi-même, où naît la chevelure dont aucune, si bien tenue soit-elle, ne manque là de se répandre en cheveux follets, cette nuque qui, d'être exposée mais invisible pour son propriétaire, éveille le sentiment de la fragilité, à laquelle consent, de tout son corps-esprit, l'embrassé(e).

Exotisme : Sans être de ceux qu'attirent les éros lointains, je suis sensible à la tenue suggestive des anciennes geishas, corps dissimulé par les étoffes, mais col très échancré autour de la nuque poudrée de blanc et se détachant sur le rouge de la doublure du kimono ; parfois, un énigmatique motif peint dans le sillon insiste : parée, mais vulnérable, la geisha est double promesse, d'art et d'abandon.)

Regret 3. On pourrait confondre baiser dans le cou et baiser sur la nuque, ce qui est morphologiquement compréhensible, mais qui traduit un manque de rigueur.

Le baiser dans le cou est souvent donné sous l'oreille : la bouche approche comme pour chuchoter et soudain les lèvres se posent sur la peau soyeuse (elle l'est souvent ici). Quelqu'un m'a suggéré que cette proximité avec l'oreille assurait la puissance du baiser dans le cou. Peut-être. Ce baiser, qui n'est donné qu'entre amoureux, signifie plutôt la tendresse, tandis que le baiser sur la nuque, qui oblige à ployer légèrement le cou, exprimant ainsi le consentement, est beaucoup, beaucoup plus érotique.

(*Science* : Le cou, à bien y réfléchir, se révèle très complexe puisqu'il faut distinguer la nuque – regret 2 –, la gorge – rarement baisée, trop vampirique – et le côté – sous l'oreille. Je persiste à penser que sa place, à la jonction du corps et de la tête, le désigne comme le lieu de l'unité de l'être par excellence.

Supposition : Dans *Du baiser*, Patrizi a des mots très énigmatiques à propos du baiser dans le cou. Bien qu'il affirme, à la toute fin du dialogue : « Le baiser sur la bouche est celui qui vainc et surpasse en douceur tous les autres baisers réunis », il accorde une grande valeur au baiser dans le cou, lui réservant un traitement très singulier puisqu'il refuse de révéler les raisons de sa douceur à son jeune visiteur : « Amour ne veut pas que je vous l'explique tant que vous ne lui aurez fait un sacrifice digne de lui. » Pourquoi cette réticence ? Cette sorte de baiser serait-elle un secret d'initié ? Je soupçonne le philosophe d'être soudain muet quand il s'agit de l'évoquer parce qu'il a, autant que moi, c'est-à-dire follement, aimé ce trop suave baiser qui ne se donne que par amour.

Nuance : J'embrasse souvent le cou des enfants, abîme de douceur.

Souvenir confus : D'une chanson entendue un jour – où ? – il ne me reste que ces quelques mots sur une vague scansion : « Elle ne se souvient plus du tout [pause] du goût [pause] du baiser dans [étirement de la syllabe] le cou. » Mais si je me les rappelle, c'est bien que.

Au fait : On ne m'embrasse pas assez souvent dans le cou, non plus.)

Regret 4. On ne m'a jamais assez embrassée…

– Ah non !

– …ne m'a jamais assez embrassée dans l'oreille !

– Mais…

– Je ne voudrais pas laisser entendre que ma vie n'est qu'une longue suite de frustrations et que je devrais me plaindre de mes amoureux. Non. L'oreille, cependant, la sensation exquise et terriblement sexuelle du baiser dans l'oreille, cet intime orifice par où nous envahissent l'effroi aussi bien que les plaisirs musicaux…

– Mais…

– …le lieu de l'alerte, si mal protégé, nulle paupière pour assoupir sa vigilance, nulle lèvre pour en défendre l'entrée, où le souffle de l'embrasseur glisse jusqu'au cœur, au ventre, chuchotant je te prends, je m'insinue en toi, y réveillant les plus brûlantes sensations…

– Mais écoute…

– …rien de plus désarmant que ce baiser humide et torride…

– Mais enfin je peux dire quelque chose ?

– Parle.

– Le baiser dans l'oreille, intromission de la langue dans une cavité qui n'est pas très innervée, certes proche du cerveau, remarqueront les scientophiles compulsifs, mais constituée uniquement de cartilage, le baiser dans l'oreille est-il… un baiser ?

– Tu as raison. D'ailleurs quelque chose en moi hésite quand il faut qualifier cette adorable pratique. Est-ce là un baiser ? ou un jeu sensuel inclassable, frisant l'indécence ? On se sert bien de la langue et des lèvres, donc ce devrait être un baiser. Bah ! quoi qu'il soit, je persiste à affirmer qu'on ne me l'a pas assez donné et, comme dans le cas du baiser dans le cou, je le déplore.

(*Aveu* : Où l'on va voir que, comme Montaigne, je ne recule pas devant l'embarras, et que « J'avoue la vérité lorsqu'elle me nuit, de même que si elle me sert[1]. » Moi-même, oui, moi-même, ai-je assez baisé les oreilles de mes amants ?

Interrogation : Je constate que presque tous mes regrets vont aux baisers qui concernent la tête et le cou. Est-ce à prétendre qu'ailleurs on m'aurait assez embrassée ?)

1. Montaigne, *Essais*, « Sur des vers de Virgile », 1588.

Regret 5. Rien de plus délectable que poser ses lèvres sur le corps potelé d'un très jeune enfant, toutes parties confondues. Cette peau, n'ayant encore guère frotté son grain à l'air et aux étoffes, qui baignait il y a peu dans une eau protectrice, est inconcevablement douce. Mais, très supérieur à ce plaisir d'enfantillage, un autre, que je me rappelle avec émotion, éprouvé un jour où je croisai brièvement une très jeune fille qui se prénommait Fiammetta et dont, quand j'effleurai son bras – sans doute en l'embrassant, *Bonjour, Comment ça va ?* –, la peau me parut si douce que soudain j'enviai ceux ou celles qui la caress(er)aient, j'enviai les hommes en général qui connaissent cette délectation de caresser la peau des femmes. J'aurais pu écrire la même chose à propos des lèvres des femmes : infiniment plus douces que celles des hommes (mais peut-être simplement du fait de l'absence de poils piquants alentour ?).

Regret 6 (métatextuel). Jusqu'à la dernière page, souvent je me serai dit : n'aurait-il pas mieux valu chanter le baiser que l'approcher, le décrire et le dialoguer comme je l'ai fait ? Mais chanter, qu'est-ce à dire ? Poésie ? Fiction ? Non, non, c'est déjà fait, mille fois, mieux valait l'*essayer*. Mais je reconnais bien là mon vieux rêve d'écrivain :

trouver ce verbe si chantant, si inattendu qu'il ferait enfin entendre la parole inouïe que j'espérais à l'orée du livre, comme chaque fois…

AINSI, NOTRE HUMANITÉ

« Tu écris quoi en ce moment ? » Lorsque je réponds à cette question, toujours un sourire s'étire sur le visage de mon curieux (ou ma curieuse) et il (elle) me dit invariablement : « Ah, c'est un beau sujet. »

C'est le sourire de plaisir, tous âges et sexes confondus, qui me paraît remarquable. Le baiser est une des choses bonnes, tout à fait bonnes, de notre monde. Un sanctuaire de la joliesse. Il ne se pense presque pas, comme le bouquet il n'a besoin d'aucun mot, existant dans le pur éclat de sa douceur. Seul le fait naître le sentiment. On peut offrir un cadeau par obligation, on peut parler et mentir, faire l'amour sans y associer le cœur – on donne rarement un baiser amoureux sans amour ou un (vrai) baiser sur la joue sans tendresse. D'où le sourire de mes curieux.

Philippe Salaün, qui faisait les tirages de Robert Doisneau, m'a raconté l'aventure de son fameux *Baiser de l'Hôtel de ville*, dans les années 1980. La photo faisait partie d'un reportage, commandé en 1950 par le magazine *Life*, sur le Paris romantique (les Américains s'étonnaient que dans cette ville on s'embrassât en public).

Pour le réaliser, Doisneau se rendit dans une école d'art dramatique et embaucha, avec contrats en bonne et due forme, divers modèles qu'il photographia dans des lieux emblématiques de la capitale. En 1985, la photo, devenue carte postale puis poster, fit le tour du monde, rendant le photographe célèbre bien au-delà de son milieu professionnel, et il reçut de nombreux témoignages de personnes qui croyaient s'y reconnaître. Elles lui disaient en substance : « C'est nous, c'est notre amour que vous avez immortalisé, aucun doute, voilà l'icône de notre amour ! » Telle autre y voyait ses parents, morts dans un accident de voiture quand elle avait six ans…

Doisneau était un homme bon. Ému par la conviction des « reconnaisseurs » qu'il préférait laisser à leur douce illusion, pour chaque lettre envoyée il offrait un tirage original[1].

1. La suite, trop triste pour figurer dans le corps de mon texte, mit en scène quelques cupides qui lui firent procès pour réclamer une part des bénéfices du *Baiser* auxquels ils croyaient, ou voulurent faire

J'ai aimé apprendre que le photographe avait eu cette exigence : que ses modèles fussent de vrais couples. S'ils n'étaient pas des passants saisis sur le vif, au moins étaient-ils des amoureux véritables. Mais ce qui me touche surtout dans cette histoire, c'est que Doisneau n'ait voulu détromper personne. Car quelle plus belle récompense, pour un artiste, que de s'entendre dire : « Nous nous reconnaissons, c'est de nous, exactement, que vous parlez, nous que vous avez figurés » ? N'est-ce pas toujours en visant cet effet qu'on écrit, qu'on peint, qu'on filme ? Et d'autant plus, peut-être, quand il s'agit du baiser qui parle de chacun de nous, qui nous parle à tous et à chacun, au plus intime.

C'est pourquoi l'épisode de Paolo et Francesca est le plus célèbre de l'*Enfer* ; c'est pourquoi Rodin a dû abandonner la référence littéraire pour donner à sa sculpture le titre plus général de *Baiser* et en fondre de multiples petites reproductions (tous voulaient l'avoir sous les yeux) ; c'est pourquoi, enfin, le *Baiser de l'Hôtel de ville* est la photo la plus célèbre de Doisneau.

Joie, pleine joie du baiser.

---

croire, qu'ils avaient droit. Ils les perdirent tous mais n'en attristèrent pas moins Doisneau. J'ai vu chez Salaün des photos du même couple prises dans plusieurs endroits : c'étaient bien des modèles.

Maintenant, je dois reconnaître que m'échappe un peu le détail de la conversation passionnée que nous eûmes, Sophia, mon fiancé et moi, lorsque je les invitai à fêter la fin du livre.

Je me souviens bien du début. Je leur disais : « J'entends déjà le refrain : "Mais tu n'as pas parlé de ce baiser...", et suivra, au gré de mes interlocuteurs, une liste interminable – car comment venir à bout de la typologie des baisers ? Baiser funèbre, baiser de vénération religieuse, baiser communiste, baiser chrétien, de réconciliation, de supplication, d'allégeance au suzerain, de Judas, au lépreux, trompeur... Puis on évoquera sans doute aussi le lexique argotique, *pelle*, *patin*, *bécot* ou *bi* – de l'exhaustivité, que diable ! D'autres encore me reprocheront de n'avoir pas évoqué la mode récente de la bise entre hommes ou tel baiser cinématographique qui était pourtant si intéressant ou si capital. N'ai-je pas déjà entendu vingt fois "Tu as pensé au baiser de *Notorious* ?", Mais puisque vous y pensez tous, à quoi bon ?

– Eh bien, a déclaré mon fiancé (toujours consolateur), tu leur répondras la vérité : que tu n'as jamais eu la passion encyclopédique.

– Mais la fureur de classifier, hélas, n'a pas plus de limites que le goût d'objecter.

– Je ne serais pas aussi négative, a coupé Sophia. Bien sûr, on peut toujours craindre que les lecteurs préfèrent retrouver leurs idées plutôt que d'en découvrir de nouvelles. Mais n'est-ce pas aussi que la lecture nous procure un plaisir de nature musicale, quand on peut fredonner presque en même temps que le texte les développements qu'on y anticipe ?

– De toute façon, a renchéri mon fiancé, quand bien même tu aurais écrit deux mille pages, il resterait toujours un latiniste maniaque pour te faire remarquer que tu as négligé le baiser d'orage.

– Le baiser d'orage ? s'est étonnée Sophia. Je n'en avais jamais entendu parler, non, jamais. Des détails, s'il te plaît. (Je sentis que, songeant immédiatement qu'elle pourrait en faire profiter l'ardent Youssef, elle était prête à aimer la pluie.)

– Mais oui, a-t-il repris (toujours hypermnésique), je me rappelle avoir lu chez Plutarque (Plutarque ! plus chic que mon fiancé ? pas possible), une anecdote selon laquelle Caton aurait fait chasser du Sénat un homme qui avait embrassé sa femme devant leur fille (j'ai lancé un clin d'œil à Sophia : encore sa scène primitive), tandis que lui-même se vantait de n'embrasser jamais sa femme, sauf en cas d'orage, pour dissiper sa peur. »

La suite de la conversation est beaucoup plus floue, car j'avais bu trop de champagne. Ce que nous avons dit concernait l'humanité très haute du baiser et se ramenait à trois points : le visage, l'altérité et l'inventivité.

Le visage, rappelait Sophia, porte les lèvres qui embrassent et qui reçoivent le plus beau des baisers, l'amoureux, ou le plus tendre, celui de Philia. Or, continuait-elle, le visage est l'endroit de notre humanité même, et le vrai bourreau n'est pas plus celui qui conçoit le moyen d'infliger la souffrance que celui qui résiste au spectacle du visage souffrant. Et mon fiancé a repris, oui, le visage nous donne rendez-vous avec autrui, et le baiser, parce qu'il est ce geste unique qui ne peut s'exécuter sans l'autre, l'autre à qui il s'adresse dans son altérité pour lui déclarer son amour, le baiser est un geste noble. L'amour, a enchaîné Sophia, oui l'amour qui s'invente dans chaque caresse, qui se manifeste soudain dans le désir, qui élit cet homme-ci dans la foule immense de ses semblables, qui se moque des déterminations, l'amour qui crée son libre langage et le parle par le corps, et le baiser, le baiser, élément capital de cette langue merveilleuse…

Je crois qu'alors j'ai murmuré : « Mais oui, ne vous l'avais-je pas dit dès le début ? Le baiser est le plus beau geste du désir. »

Mourant, je regretterai, je crois, l'éclat du soleil matinal sur les haies, certains rires féminins sonnant comme grelots de cristal, la splendeur des fleurs épanouies, une phrase de Schubert où le sens s'énonce sans mots et se dérobe sans cesse au moment où l'on croyait s'en saisir, le calme de la nature quand le ventre frais de la nuit se pose doucement sur les champs, et le baiser, peut-être.

TABLE DES MATIÈRES

ŒUVRES CITÉES

Bibliographie

Apulée, *L'Âne d'or ou les Métamorphoses*, traduction de Pierre Grimal, Gallimard, « Folio », 1975

Cantique des cantiques, traduction d'Ernest Renan, Arléa, 2012

Catulle, cité par Henri Husser, *Sept poètes latins chantent l'amour*, La Différence, 2003

Chessex Jacques, *L'Ogre*, Grasset, 1973

Chrétien de Troyes, *Lancelot ou le Chevalier à la charrette*, 1176-1181

Dante, *La Divine Comédie*, « L'Enfer », traduction de Jacqueline Risset, Flammarion, 1985

Denon Vivant, *Point de lendemain*, 1777

Kafka Franz, *Lettres à Milena*, traduction d'Alexandre Vialatte, Gallimard, « L'imaginaire », 1952

Labé Louise, *Œuvres poétiques*, 1555

Lucrèce, *De rerum natura*, « Budé », traduction d'Alfred Ernout, Les Belles Lettres, 1978

Maupassant Guy de, *Fort comme la mort*, 1889

Molière, *Le Malade imaginaire*, 1673

Montaigne Michel de, *Les Essais*, 1588

MUSSET Alfred de, « Idylle », *Poésies nouvelles*, 1839
NOVALIS, *Le monde doit être romantisé*, Allia, 2002
Les Disciples de Saïs, Gallimard, « Poésie », 1980
PATRIZI Francesco, *Du baiser*, traduction de Sylvie Laurens Aubry, Les Belles Lettres, 2002
PLATON, *Le Banquet*, traduction de Bernard et Renée Piettre, Nathan 1983
Le Cratyle, traduction de Catherine Dalimier, GF Flammarion, 1998
PROUST Marcel, *Le Côté de Guermantes*, 1920-1921
RAYNAL Henri, *L'Orgueil anonyme*, Le Seuil, 1965
RONSARD Pierre de, *Sonnets pour Hélène*, 1578
SECOND Jean, *Les Baisers*, texte émendé, présenté et traduit par Olivier Sers, Les Belles Lettres, 2006
STOKER Bram, *Dracula*, traduction de Lucienne Molitor, Actes Sud, « Babel », 2001
TARKOS Christophe, *Pan*, P.O.L., 2000
TOLSTOÏ Léon, *La Mort d'Ivan Ilitch, Trois morts, Maître et serviteur*, Gallimard, « Folio », 1997

Œuvres plastiques

BRANCUSI Constantin, *Le Baiser*, 1910
CLAUDEL Camille, *L'Abandon*, 1886-1888
DOISNEAU Robert, *Baiser de l'Hôtel de ville*, 1950
EISENSTAEDT Alfred, *V-J Day in Times Square*, 1945
KLIMT Gustav, *Le Baiser*, 1907-1908
LE CORRÈGE, *Jupiter et Io*, 1531
GIOTTO, *La Rencontre d'Anne et Joachim*, Padoue, chapelle Scrovegni, 1303-1306
MUNCH Edvard, *Vampire*, 1893
RODIN Auguste, *Le Baiser*, 1887, 1898

Films

KEATON Buster, *Sherlock Junior*, 1924
EDISON Thomas, *The Kiss* (1896 et 1900)
OPHULS Max, *Lola Montès*, 1955
TORNATORE Giuseppe, *Cinema Paradiso*, 1989
SATTOUF Riad, *Les Beaux Gosses*, 2009

Brève bibliographie autour du baiser

ATTAL Jérôme, *Petit Éloge du baiser*, Les Pérégrines, 2021

BOLOGNE Jean-Claude, « Du sacré à l'intime » in Gérald Cahen (dir.), *Le Baiser. Premières leçons d'amour*, Autrement, 1997

CANNONE Belinda, *Le Goût du baiser*, anthologie commentée, Le Mercure de France, 2013

DUPONT Florence, *L'Invention de la littérature – De l'ivresse grecque au livre latin*, La Découverte, 1994

ENFIELD Julie, *Petite Histoire du baiser*, traduit de l'anglais par Hélène Deschênes, Les Presses libres, Québec, 2005

HESS HALPERN Céline, *L'Éloge du baiser*, Flammarion, 2020

KAUFMANN Jean-Claude, *Ce qu'embrasser veut dire. Raison, sexe et sentiments*, Payot, 2021

LACROIX Alexandre, *Contribution à la théorie du baiser*, Autrement, 2011

MONTANDON Alain, *Le Baiser. Le corps au bord des lèvres*, Autrement, 2005

Les Baisers des Lumières (sous sa direction), Presses universitaires Blaise-Pascal, 2004

MOREAU Philippe, « *Osculum, Basium, Sauium* », in *Revue de philologie*, 1978

NYROP Kristoffer, *The Kiss and its History* (1901), Sands & Co, 2001

RENZO Lorenzo, *Les conseguenze di un bacio. L'episodio di Francesca nella « Commedia » di Dante*, Il Mulino, 2007

TONANI Lorenza et ZATTI Susanna, *Il Bacio, tra romantismo e novecento* (sous leur direction), Silvana Editoriale, 2009
TOURNIER Jean-Luc, *Petite Encyclopédie du baiser*, Favre, 2001
« Comportement érotique – Les bases neurobiologiques de la sexualité humaine » : wikipedia.org/wiki/Comportement_érotique

DU MÊME AUTEUR

Essais

L'Écriture du désir
Calmann-Lévy, 2000 (Prix de l'essai de l'Académie française 2001) ;
Gallimard, « Folio Essais » n° 566, 2012

Le Sentiment d'imposture,
Calmann-Lévy, 2005 (Grand Prix de l'essai de la Société des Gens de Lettres 2005) ;
Gallimard, « Folio Essais » n° 515, 2009

La bêtise s'améliore
Stock, « L'autre pensée », 2007 ;
Pocket, « Agora » n° 387, 2016

La Tentation de Pénélope
Stock, « L'autre pensée », 2010 ;
Pocket, « Agora » n° 386, éd. augmentée 2019

Le Baiser peut-être
Alma, 2011

Le Goût du baiser
Textes choisis et commentés, Le Mercure de France, 2013

Petit Éloge du désir
Gallimard, « Folio 2 euros », 2013

S'émerveiller
Stock, 2017

La Forme du monde
Arthaud, « Versant intime », 2019

Le Nouveau Nom de l'amour
Stock, 2020

Petit Éloge de l'embrassement
Gallimard, « Folio 2 euros », 2021

Récits

La Chair du temps (Prix littéraire de la ville de Caen 2012)
Stock, 2012

Le Don du passeur
Stock, 2013

Un chêne
Textes et photos, Le Vistemboir, 2016

Le Livre du crépuscule
Le Vistemboir, 2021

Romans

L'Adieu à Stefan Zweig
Points, n° P2951, 2013
(Première édition sous le titre *Dernières promenades à Petrópolis*, Le Seuil, 1990)

L'Île au nadir
Quai Voltaire, 1992

Trois Nuits d'un personnage
Stock, 1994

Lent Delta
Verticales, 1998

L'homme qui jeûne
L'Olivier, 2006

Entre les bruits
L'Olivier, 2009

Nu intérieur
L'Olivier, 2015

Esthétique et critique littéraire

Philosophies de la musique, 1752-1789
Klincksieck, 1990

La Réception des opéras de Mozart, 1793-1829
Klincksieck, 1991

Musique et littérature au 18ème siècle
PUF, « Que sais-je ? », 1998

Narrations de la vie intérieure
PUF, « Perspectives littéraires », 2001

L'Œuvre de Zola
Gallimard, « Foliothèque », 2002

Collection « Arléa-Poche »

2. Paul Morand, *Éloge du repos*
8. René Girard, *Quand ces choses commenceront…*
13. J. M. G. Le Clézio, *Ailleurs*
19. Arthur Rimbaud, *Une saison en enfer*
20. Arthur Rimbaud, *Illuminations*
44. Tzvetan Todorov, *Les Abus de la mémoire*
61. Pier Paolo Pasolini, *Qui je suis*
66. Germaine Tillion, *La Traversée du mal*
68. Alain Etchegoyen, *Éloge de la féminité*
72. Olivier Boura, *Marseille ou la mauvaise réputation*
74. Jacques Berque, *Il reste un avenir*
75. Jean-Claude Guillebaud, *L'Esprit du lieu*
76. Edgar Morin, *Pour une politique de civilisation*
77. Alain Golomb, *Profs et Cie*
79. Patrice Louis, *C'est beau, mais c'est faux*
80. Hervé Laroche, *Dictionnaire des clichés littéraires*
83. Olivier Boura, *Les Atlantides, généalogie d'un mythe*
84. Robert Guillain, *Aventure Japon*
85. Takeshi Kitano, *Rencontres du septième art*
86. Matias Aires, *Lettre sur le bonheur*
88. Léon Blum, *Le Dernier Mois*
89. Pier Paolo Pasolini, *La Longue Route de sable*
91. Denis Huisman, *Louis Monier, Visages de la philosophie*
92. Patrice Louis, *Du bruit dans Landerneau*
96. Oscar Wilde, *L'Âme humaine*
101. Mark Twain, *Écrits secrets*
103. Albert Simonin, *Le Savoir-Vivre chez les truands*
104. Albert Simonin, *Lettre ouverte aux voyous*
107. Pierre Vidal-Naquet, *Le Choix de l'histoire*
108. George Steiner, *Le Silence des livres*
109. Gustave Flaubert, *Voyages*
110. Philippe Jaccottet, *De la poésie*

111. Alexandre Vialatte, *Bestiaire*
113. Abbé Grégoire, *De la traite et de l'esclavage des Noirs*
114. Patrice Louis, *Conversation avec Aimé Césaire*
115. Paul Léautaud, *Le Petit Ouvrage inachevé*
116. Pier Paolo Pasolini, *Médée*
117. Alberto Moravia, *Promenades africaines*
118. Pierre Charras, *La Crise de foi(e)*
119. Rabindranath Tagore, *Histoires de fantômes indiens*
120. Arthur Rimbaud, *Poésies* (édition nouvelle)
121. Oscar Wilde, *Aphorismes*
122. Alberto Moravia, *Une certaine idée de l'Inde*
123. Régis Debray, *Sur la mort d'Albert Londres*
124. Albert Londres, *Marseille porte du Sud*
125. Albert Londres, *Au bagne*
126. Albert Londres, *Terre d'ébène*
127. Albert Londres, *Contre le bourrage de crâne*
129. Marie Sizun, *Le Père de la petite*
131. Michel Pastoureau, *Les Animaux célèbres*
133. Albert Londres, *L'Homme qui s'évada*
134. Albert Londres, *Dans la Russie des Soviets*
135. Dominique Barbéris, *La Ville*
136. Philippe Mezescaze, *L'Impureté d'Irène*
137. Armand Frémont, *La Mémoire d'un port (Le Havre)*
138. Renzo Piano, *La Désobéissance de l'architecte*
139. Claro, *Ezzelina*
140. Sophie Avon, *Le Silence de Gabrielle*
141. Jean-François Merle, *Cale sèche*
142. Emmanuel Pons, *Je viens de tuer ma femme*
143. Pierre Veilletet, *La Pension des Nonnes*
144. Achille Zavatta, *Trente ans de cirque*
145. Didier Folléas, *Albert Londres en Terre d'ébène*
146. Albert Londres, *Chez les fous*
147. Albert Londres, *Le Chemin de Buenos Aires*
148. Franco Ferrucci, *Lettre à un adolescent sur le bonheur*
149. Jean-Claude Guillebaud, *La Traversée du monde*
150. Pierre Mac Orlan, *Rues secrètes*

151. Dominique Desanti, *Le Roman de Marina*
152. Henry Miller, *Aquarelles*
153. Henry Miller, *Premiers regards sur la Grèce*
154. Albert Londres, *Dante n'avait rien vu*
155. Albert Londres, *Le Juif errant est arrivé*
157. Michaël Ferrier, *Tokyo, petits portraits de l'aube*
159. Ernst Gombrich, D. Eribon, *Ce que l'image nous dit*
160. Pierre Mac Orlan, *Chroniques de la fin d'un monde*
161. Mark Twain, *Aphorismes*
162. Albert Londres, *Au Japon*
163. Charles Baudelaire, *Aphorismes*
164. Albert Londres, *Le Peuple aux dents laquées*
165. Albert Londres, *La Grande Guerre*
166. Albert Londres, *En Inde*
167. Albert Londres, *L'Équipée de Gabriele D'Annunzio*
168. Maxence Fermine, *Neige* (illustré)
169. Oscar Wilde, *Remarquables Assassinats*
170. Joseph Conrad, *Le Naufrage du Titanic*
171. Patrick Boman, *Retour en Inde*
172. Pierre Stéphan, *Carnets du cap Horn*
173. Prince de Ligne, *Aphorismes, pensées & fragments*
174. Louis Calaferte, *Paraphe*
175. Franco La Cecla, *Contre l'architecture*
176. Vincent Hein, *À l'est des nuages*
177. Antoine Marcel, *Traité de la cabane solitaire*
178. Albert Londres, *La Chine en folie*
179. Robert Guillain, *Les Geishas*
180. Antonella Moscati, *L'Éternité, ou presque*
181. Marie Sizun, *Plage*
182. Elena Janvier, *Au Japon ceux qui s'aiment ne disent pas je t'aime*
183. Hisashi Tôhara, *Il y a un an Hiroshima*
184. Arthur Schopenhauer, *Aphorismes et Insultes*
185. Dominique Falkner, *Ça n'existe pas l'Amérique*
186. Michel Meyer, *Rome et la naissance de l'art européen*
187. Jean Baudrillard et Jean Nouvel, *Les Objets singuliers*
188. Capitaine Coignet, *Cahiers*

189. Sergent Bourgogne, *Mémoires*
190. Marie Sizun, *Un léger déplacement*
191. Nathalie Skowronek, *Karen et moi*
192. Pierre Veilletet, *Oui j'ai connu des jours de grâce*
193. Vincent Hein, *L'Arbre à singes*
194. Curzio Malaparte, *Voyage en Éthiopie*
195. Pascal Quignard, *Leçons de solfège et de piano*
196. Michaël Ferrier, *Kizu, à travers les fissures de la ville*
197. Bruno Smolarz, *Hokusaï aux doigts d'encre*
198. Mameluck Ali, *Souvenirs sur l'empereur Napoléon*
199. Général de Caulaincourt, *En traîneau avec l'Empereur*
201. Hélène Gestern, *Eux sur la photo*
202. Soshitsu Sen, *Vie du thé, esprit du thé*
203. Marie Sizun, *Éclats d'enfance*
204. Christian Garcin, *Jibé*
205. Pascal Quignard, *Sur l'image qui manque à nos jours*
206. Carlos Batista, *Traducteur, auteur de l'ombre*
207. Jacques Bonnet, *Des bibliothèques pleines de fantômes*
208. Baron Fain, *Mémoires*
209. Stéphane Lambert, *Mark Rothko, rêver de ne pas être*
210. Yann Nussaume, *Tadao Andô, pensées sur l'architecture et le paysage*
211. Yves Harté, *La Huitième Couleur*
212. Kenneth Clark, *L'Art du paysage*
213. Guéorgui Gospodinov, *L'Alphabet des femmes*
214. Henri Raczymow, *Notre cher Marcel est mort ce soir*
215. Jean-Michel Delacomptée, *Passions, la Princesse de Clèves*
216. Hélène Gestern, *La Part du feu*
217. Pascal Quignard, *Sur l'idée d'une communauté de solitaires*
218. Pier Paolo Pasolini, *L'Inédit de New York*
219. Emilio Lussu, *Les Hommes contre*
220. Stéphane Lambert, *Nicolas de Staël, le vertige et la foi*
221. Marie Sizun, *Un jour par la forêt*
222. Catherine Guillebaud, *Le Pays vide*
223. Antoine Silber, *Le Silence de ma mère*
224. Diane de Margerie, *De la grenouille au papillon*

225. Gusty L. Herrigel, *La Voie des fleurs*
226. Jean-Christophe Bailly, *Une image mobile de Marseille*
227. Stéphane Lambert, *Monet, impressions de l'étang*
228. Philippe Arnaud, *Le Rire des philosophes*
229. Rémy Oudghiri, *Petit Éloge de la fuite hors du monde*
230. Roberto Peregalli, *Les Lieux et la poussière*
232. Hélène Gestern, *Portrait d'après blessure*
233. Yann Nussaume, *Regard sur l'architecture de Tadao Andô*
234. Pascal Quignard, *Une journée de bonheur*
235. Massimiliano Fuksas, *Chaos sublime*
236. Éliane Saliba Garillon, *Le Journal impubliable de George Pearl*
237. Gérard Macé, *Kyôto, un monde qui ressemble au monde*
238. Hélène Gestern, *L'Odeur de la forêt*
239. Fumihiko Maki, Michel Thiollière, *Fumihiko Maki, architecte au long cours*
240. Fumihiko Maki, Ieoh Ming Pei, *Quelques mots pour le futur. Un siècle d'architecture*
241. Christian Garcin, *Borges, de loin*
242. Gérard Macé, *Rome éphémère*
243. François Ascal, *La Barque de l'aube, Camille Corot*
244. Jean Clair, *La Barbarie ordinaire, Zoran Music à Dachau*
245. Jean Pavans, *Proust, Vermeer, Rembrandt, La précieuse matière du tout petit pan de mur jaune*
246. Roland Jaccard, *L'Enquête de Wittgenstein*
247. Claude Arnaud, *Proust contre Cocteau*
248. Frédéric Lenne, *Paul Chemetov, être architecte*
249. Patrick Mauriès, *Quelques cafés italiens*
250. Christian Garcin, *Piero della Francesca*
251. Marianne Bourgeois, *Cinq promenades avec Renzo Piano*
252. Agnès Clancier, *Une trace dans le ciel*
253. Rémy Oudghiri, *Déconnectez-vous !*
254. Hervé Dumez, *Pensées pour soi écrites par d'autres*
255. Patrick Mauriès, *Roland Barthes, au fil du temps*
256. Stéphane Lambert, *Être moi, toujours plus fort. Les paysages intérieurs de Léon Spilliaert*
257. Marc Pautrel, *Ozu*

258. Hélène Gestern, *L'eau qui dort*
259. Diane de Margerie, *Chartres, la femme en pierre*
260. Kengo Kuma, *L'Architecture naturelle*
261. Akira Mizubayashi, *Dans les eaux profondes. Le Bain japonais*
262. Antoine Billot, *Le Désarroi de l'élève Wittgenstein*
263. Loïc Couton, *Renzo Building Workshop, entre la science et l'art*
264. Marc Petitjean, *Destin d'un homme remarquable. Le Docteur Hida d'Hiroshima à Fukushima*
265. Hélène Gestern, *Armen. L'Exil et l'écriture*
266. Arthur Rimbaud, *Œuvres complètes*
267. Élisabeth Foch-Eyssette, *Éloge des voyages et du repos*
268. Rémy Oudghiri, *Éloge du petit matin*
269. Stéphane Lambert, *Visions de Goya. L'éclat dans le désastre*
270. Colette Fellous, *Kyoto Song*
271. Michelangelo Antonioni, *Je commence à comprendre*
272. Suzanne Maudet, *Sans haine mais sans oubli. Neuf filles jeunes qui ne voulaient pas mourir*
273. Philippe Bonnin, *Une estrade pour contempler la lune*
274. Jean-Christophe Bailly, *Café Neon et autres îles. Chemins grecs*
275. Antoine Marcel, *Notes de ma cabane dans les monts*
276. Rudyard Kipling, *Lettres à mes petits préférés*

ACHEVÉ D'IMPRIMER
EN JUILLET 2022
EN CROQUANT DANS
UNE POIRE SUR LES PRESSES
DE CORLET IMPRIMEUR À
CONDÉ-SUR-NOIREAU CALVADOS
SUR UNE MISE EN PAGE DE FANNY WEISS
ET UNE CORRECTION D'ALICIA KALAFATE

Numéro d'édition : 1313
Numéro d'impression : 22070094
Dépôt légal : septembre 2022
Imprimé en France

PEFC™
10-31-1510

Certifié PEFC
Ce produit est issu
de forêts gérées
durablement et de
sources contrôlées.
pefc-france.org

IMPRIM'VERT®